AF189793

Tucholsky  Wagner  Zola  Scott  Sydow  Schlegel
Turgenev  Wallace  Fonatne  Freud
Twain  Walther von der Vogelweide  Fouqué  Friedrich II. von Preußen
Weber  Freiligrath  Frey
Fechner  Fichte  Weiße Rose  von Fallersleben  Kant  Ernst  Richthofen  Frommel
Hölderlin
Engels  Fielding  Eichendorff  Tacitus  Dumas
Fehrs  Faber  Flaubert
Eliasberg  Ebner Eschenbach
Feuerbach  Maximilian I. von Habsburg  Fock  Eliot  Zweig
Ewald  Vergil
Goethe  Elisabeth von Österreich  London
Mendelssohn  Balzac  Shakespeare  Dostojewski  Ganghofer
Trackl  Lichtenberg  Rathenau  Doyle  Gjellerup
Stevenson  Tolstoi  Hambruch
Mommsen  Lenz  Droste-Hülshoff
Thoma  von Arnim  Hanrieder
Dach  Verne  Hägele  Hauff  Humboldt
Karrillon  Reuter  Rousseau  Hagen  Hauptmann  Gautier
Garschin  Defoe  Baudelaire
Damaschke  Descartes  Hebbel
Hegel  Kussmaul  Herder
Wolfram von Eschenbach  Dickens  Schopenhauer
Darwin  Grimm  Jerome  Rilke  George
Bronner  Melville  Bebel  Proust
Campe  Horváth  Aristoteles
Bismarck  Vigny  Barlach  Voltaire  Federer  Herodot
Gengenbach  Heine
Storm  Casanova  Tersteegen  Gilm  Grillparzer  Georgy
Chamberlain  Lessing  Langbein  Gryphius
Brentano  Lafontaine
Strachwitz  Claudius  Schiller  Kralik  Iffland  Sokrates
Bellamy  Schilling
Katharina II. von Rußland  Gerstäcker  Raabe  Gibbon  Tschechow
Löns  Hesse  Hoffmann  Gogol  Wilde  Gleim  Vulpius
Luther  Heym  Hofmannsthal  Klee  Hölty  Morgenstern  Goedicke
Roth  Heyse  Klopstock  Kleist
Luxemburg  Puschkin  Homer  Mörike  Musil
La Roche  Horaz
Machiavelli  Kierkegaard  Kraft  Kraus
Navarra  Aurel  Musset  Moltke
Nestroy  Marie de France  Lamprecht  Kind  Kirchhoff  Hugo
Laotse  Ipsen  Liebknecht
Nietzsche  Nansen  Ringelnatz
Marx  Lassalle  Gorki  Klett  Leibniz
von Ossietzky  May  vom Stein  Lawrence  Irving
Petalozzi  Knigge
Platon  Pückler  Michelangelo  Kock  Kafka
Sachs  Poe  Liebermann  Korolenko
de Sade  Praetorius  Mistral  Zetkin

Der Verlag tredition aus Hamburg veröffentlicht in der Reihe **TREDITION CLASSICS** Werke aus mehr als zwei Jahrtausenden. Diese waren zu einem Großteil vergriffen oder nur noch antiquarisch erhältlich.

Symbolfigur für **TREDITION CLASSICS** ist Johannes Gutenberg (1400 — 1468), der Erfinder des Buchdrucks mit Metalllettern und der Druckerpresse.

Mit der Buchreihe **TREDITION CLASSICS** verfolgt tredition das Ziel, tausende Klassiker der Weltliteratur verschiedener Sprachen wieder als gedruckte Bücher aufzulegen – und das weltweit!

Die Buchreihe dient zur Bewahrung der Literatur und Förderung der Kultur. Sie trägt so dazu bei, dass viele tausend Werke nicht in Vergessenheit geraten.

# Erzählungen

## Ein Märchen

Joachim Ringelnatz

# Impressum

Autor: Joachim Ringelnatz
Umschlagkonzept: toepferschumann, Berlin

Verlag: tredition GmbH, Hamburg
ISBN: 978-3-8424-1105-0
Printed in Germany

Text der Originalausgabe


# Joachim Ringelnatz
## Erzählungen

# Die Walfische und die Fremde

Bereits eine Stunde später bildete sich ein Komitee. Man wollte den Schiffbrüchigen das Mitgefühl der Stadt übermitteln, sie als Fremdlinge gastlich bewirten beziehungsweise unterhalten und von der offiziellen Sympathie für Deutschland überzeugen. Man wollte auch bei dieser für den kommenden Sonntag gedachten Veranstaltung ihnen ordentlich imponieren.

Großzügig vorausgesetzt, daß sie sich bis dahin erholt haben, ferner auch nicht an den Folgen gestorben sein würden, sollte sich das Programm etwa so entwickeln:

Warme Begrüßung am Genesungslager. (Schon schloß sich ein Senator nach dem andern zum Auswendiglernen ein.) – Rundfahrt durch Stadt und Museehenswürdigkeiten. (Lastautos stellte in hochherziger Weise die bedeutendste Speditionsfirma.) – Flüchtige nähere Besichtigungen. (Die städtische Bibliothek sicherte freien Eintritt, das Museum für internationale Laryngoskopie Stundung der Garderobegebühren zu.) – Der berühmte, aus gerösteten Bananenschalen hergestellte Wolkenkratzer sollte von oben bis unten mit deutschen Briefmarken beklebt werden. (Gestiftet von einem ungenannt bleiben wollenden, sechsfachen Multimillionär, der sie von Bittgesuchen abgesammelt hatte.) – Trauliches Beisammensein mit Kaffeekredenz und Kuchenbergen im Klubhaus der inneren Mission für Kammerjagdsport. – Wohltätigkeitskonzert. – Tanz der tausend vornehmsten Babys. – Dann vielleicht Feuerwerk im Germanischen Ratskeller, Böllerläuten, Glockenschüsse oder so. Die Entscheidung über den weiteren Verlauf balancierte vorläufig noch auf einem Gewoge von Portwein und Beleidigungen.

Die Frau von dem Verwalter von der Schlauchhalle von der Hafenstation von der Feuerwehr lernte lügen. Während ihr Mann seit Stunden von Lokal zu Lokal eilte, um den wachthabenden Arzt zu suchen, erfuhr sie, daß ihr Geld und ihr Ansehen wuchsen, je mehr sie den neugierig Zuströmenden vorlog. Sie kam sich, nicht zu Unrecht, vor, als habe sie selber Schiffbruch gelitten. Anfangs wußte sie nur wenig. Man hatte die sieben besinnungslosen Riesen in die Schlauchhalle getragen. Man hatte ihnen die nassen Matrosenkleider ausgezogen und dafür erst mal saubere Feuerwehruniformen angezogen. Dann hatte man sie in Wolldecken gehüllt und auf die elastischen Schläuche gebettet. Nun mußten sie vor allen Dingen einmal schlafen, schlafen und nochmals schlafen. Keinesfalls durfte man sie stören. »Nein, auch nicht einmal sehen!« – »Nein, danke, auch nicht für Trinkgeld.«

Ergreifende Stunden verrannen. »Sagte ich's nicht?« Der wachthabende Arzt wurde gefunden. Er sagte gleich: »Vor allen Dingen: Ruhe, Ruhe und nochmals Ruhe!« Dennoch setzte er sich sofort mit den Kollegen vom Krankenhaus in Verbindung, die im Nu ungeteilter Meinung waren. In der Hauptsache galt es, die Geretteten zunächst einmal stundenlang unbehelligt zu lassen.

Diese gründlich ausgeübte Passivität fand leider eine jähe Unterbrechung durch Feueralarm. Im Schuppen einer Spritfabrik hatte Stroh Stroh entzündet. Die Deutschen schliefen auf den Spritzenschläuchen. Es überstürzten sich viele Ansichten und Telephongespräche, verpaßten sich oder hoben sich auf. Indessen hatte einer der beiden Uhrzeiger noch keine Rundwanderung vollenden können, als ein Chefarzt, mehrere Unterärzte, viele Seitenärzte und zahllose medizinische Handwerker sich in Rangordnung, lautlos, auf Strümpfen der Tür der Schlauchhalle der Hafenstation der Feuerwehr näherten. Leise wurde die Klinke herabgedrückt, laut quietschten die Angeln. Und die Versammlung sah auf den Schläuchen sieben sauber zusammengefaltete Wolldecken. Und das Fenster stand offen.

Etwa zwei Seemeilen südlich vom Bananenkratzer und zirka ebensoviel Knoten westlich vom Klubhaus der inneren Mission für Kammerjagdsport schlängelt sich zwischen freundlich bunten Delikateßgeschäften und lustig belebten Wirtshäusern ein anspruchsloser Weg in weitem Bogen um die städtische Bibliothek herum. Kurz vorm Germanischen Ratskeller schwenkten die sieben Deutschen nach links ab. Das Geld in ihren nassen Taschen hing wohlverschlossen im Trockenschrank der Hafenstation der Feuerwehr. Die Feuerwehrknöpfe mußten schlecht vergoldet sein; niemand wollte sie als Zahlungsmittel anerkennen. Aber es war schon erfreulich, mal wieder an Land zu sein, ohne arbeiten zu müssen, frei herumzubummeln und sich in der Fremde heimisch zu fühlen. Hier fiel ein deutsches Firmenschild auf. Dort war ein Feuer ausgebrochen;

und weil dort leere Hektoliterfässer herumstanden, schöpften die Deutschen damit Wasser aus einem Kanal und löschten das Feuer. Und dann kam plötzlich ein hochanständiger, feiner Herr auf sie zu, wahrscheinlich der Fabrikdirektor, ein echter, eleganter Gentleman, und schenkte ihnen ein volles Hektoliterfaß. Und weil keiner von ihnen »danke« gesagt oder irgendwas gesagt hatte, genierten sie sich und zogen sich mit dem Faß in einen dunklen Hofwinkel zurück. Bald setzten sie ihren Spaziergang fort.

Nicht etwa, daß sie stumpf und blind dahingeschossen wären. Nein, sie gingen einmal auf die andere Seite der Straße, um irgendworüber zu lachen, und dann waren sie wieder auf der einen Seite, um das Elterngrab zu pfeifen. Bis sie auf einmal hart hinfielen. Weil sie einer vornehmen, jungen Dame ausweichen wollten, die mit zierlichen Schritten um die Ecke bog. »Wir tun Ihnen nichts. Wir sind Seeleute.« Ein zartes Stimmchen antwortete auf italienisch. Das kleine, blonde Persönchen verstand zwar nicht die deutsche Sprache, aber sie hatte sich verirrt. Und sie hätte so viel Vertrauen zu Seeleuten, und ihr Mütterchen vermißte sie gewiß schon und ob sie sie nicht bis an ihr Häuschen begleiten wollten, sie fürchte sich sehr, überfallen zu werden, weil sie sehr viel Geld und Schmuck bei sich trüge und sie sei aus adliger Geburt, aber man sollte sie einfach mit ihrem Vornamen Darlingchen anreden, zumal sie Landsleute wären. Und sie trügen gewiß nicht so viel Schmuck bei sich, und sie würde schon dafür sorgen, daß sie daheim ein Schlückchen Wein zur Stärkung bekämen; aber viel Geld hätten Seeleute auch immer bei sich –

Die Matrosen nickten zu allem ja und waren total begeistert verdattert. Sechs von den sieben blickten immer verlegen weg, weil die so reden konnte, aber alles hatte Hand und Fuß, und weil das kurze Samtkleidchen so tief ausgeschnitten war. Der siebente beguckte sich immer derweilen heimlich aus dem Hintergrunde das fremde Mädchen ganz lange. Abwechselnd war jeder mal der hintere.

Langsam mußten sie einen Fuß vor den andern setzen, damit die lila Beinchen mit den trippelnden Goldkäferchenschuhchen nicht außer Atem kämen. Sprach sämtliche Sprachen; alle Länder hatte sie bereist. Sie kannte sogar die Burgstraße in Leipzig und den Gänsemarkt in Hamburg.

Das Häuschen hatte rotseidene Gardinchen. An dem großartigen schmiedeeisernen Treppengeländer hingen Girlanden. Oben waren alle Möbelchen aus Lack. Und neben dem schönen Ofen mit den vergoldeten Kacheln saß das Mütterchen, die war nicht so schön wie Darlingchen (eigentlich sah sie wie eine dicke Sau aus), aber sie machte allen Ulk mit, rauchte Pfeifchen, und Darlingchen nannte ihr Mütterchen nur auf französisch »Madamchen«. In der Ecke hockte ein Negerchen, das Zither spielte. Aber draußen schlich ein häßlicher – ein häßliches Halunkchen herum; Darlingchen rief ihm »Hälterchen« zu, da verschwand es. Und Darlingchen war wie ein ausgelassenes Kind. Sie neckte die Seebären, weil sie gar nicht wie richtige Deutsche tränken. Und trank ihnen selbst ein Literchen Rum vor. Sie konnte blitzschnell eine Reihe Knöpfchen aufknöpfen. Tausend urkomische Einfälle hatte sie. Auch ein Kunststück mit einem deutschen Tausendmarkschein fiel ihr ein. Aber da erinnerten sich die Matrosen an ihre nassen Kleider bei der Feuerwehr und sangen auf einmal die Lorelei.

Doch mit dem Negerchen und dem Hälterchen stimmte was nicht. Die tuschelten an der Tür so hinterlistig, so als ob sie gegen Darlingchen was im Schilde führten. Deshalb erhoben sich die Deutschen ein wenig, und indem hatten sie den Ofen und das Treppengeländer in der Hand.

Weil sie morgens völlig nackt auf dem Bürgersteig erwachten, blickten sie sehr erstaunt nach dem Häuschenauf. Aus dem Fensterchen rief ihnen Madamchen Schimpfwörtchen zu, und neben ihr stand Darlingchen und warf Ofenkachelchen, Glassplitter und Treppengeländerchen herab. Daraus schlossen sie, daß das Häuschen ein öffentliches Häuschen wäre, und machten sich beschämt auf, um ihre nassen Hosen von der Feuerwehr zurückzuerbitten.

Sie tanzten in hastigen Wendungen umeinander vorwärts, um durch Schnelligkeit der Bewegung ihre Blößen zu verdecken. Trotzdem wurden sie unverhofft verhaftet. Drei Wochen durch schliefen sie sich willig im Gefängnis aus. Danach trug man sie in schwere Ketten gefesselt in den Gerichtssaal und lehnte sie dort gegen die Wand, unter deren Fenstern die freie, ewige See brandet. Bei dem Nacktsein auf der Straße hatten sich die Seeleute etwas verkühlt. Deshalb niesten sie, als das Urteil verkündet wurde. Da zerplatzten ihre Ketten wie Zigarettenbanderolen, und die Wand stürzte ein.

Als sich die ungeheure Staubwolke langsam auf alle Bilderrahmen der Stadt gesetzt hatte, sah man fern draußen im wogenden Ozean sieben Walfische unter ruhigen, weit ausholenden Flossenschlägen entschwinden.

# Vom Tabarz

Auf der Wiese zu Jekaterinburg geboren und wißbegierig war die kleine Fliege, aber unverschämt. Es war unvermeidlich wie ungewollt, daß sie durch ihre Neugierde mancherlei lernte. Damit prahlte sie dann, überhob sich ihren Gleichaltrigen und war undankbar gegen abgegraste Lehrer. So besuchte sie oft ihre gebrechliche Großmutter, um sich alte Fliegensagen erzählen zu lassen: Von der Schlange Leim, die sich aus Kronleuchtern herunterläßt und Zucker ausschwitzt, um ihre Opfer anzulocken. Oder vom Ungeheuer Klatsche, das auf Menschen wohnt. Und mehr. Aber waren derartige Erzählungen zu Ende, dann warf die schnöde Fliege die Eier durcheinander, die Großmutter während des Sprechens gelegt hatte, und flog nach solchem oder ähnlichem Unfug ohne Abschied davon, um den Freunden und Bekannten Selbsterlebtes betreffs der Schlange Leim vorzulügen.

Die Mitfliegen staunten über Wuppys Kühnheit. Wuppy setzte sich in ihrer Gegenwart auf die Schiene, als das D-Zug heranbrauste, und schwur hoch und teuer, sie würde nicht weichen, sondern das D-Zug anhalten. Die Lokomotive tutete.

»Es hat Angst! Es schreit!« triumphierte Wuppy. Der Zug bremste, hielt. »Na, seht ihr's?« Viele Menschen entströmten dem Zuge.

»Es gebiert lebendige Junge«, erklärte Wuppy wichtig und flog neugierig hin, um die Neugeborenen zu berüsseln.

Geriet in den Leib des D-Zuges und nahm dort auf einem Wurstbrot Platz, das auf dem Schoße eines D-Zug-Embryos balancierte.

Die transsibirische Eisenbahn fuhr weiter; über Tscheljabinsk und Irkutsk. Neben dem Wurstbrot lag eine verkorkte, mit Kaffee gefüllte Flasche. An einem rindenartigen Teil derselben klebten zwei süße Tropfen; aber die Fliege wurde gestört durch trampelnde Finger des Kornhändlers Pagel. Der versuchte, ohne Propfenzieher zu öffnen. Weil das mißlang, stieß er den Korken mittels eines Bleistiftes hinein, danach tat er einen Schluck. Die Fliege war, als sie die Rinde mit den süßen Tropfen entschwinden sah, sofort hinterdrein geschossen. Plötzlich ward sie von einem Strudel gepackt, verlor die Besinnung, und als sie wieder zu sich kam, schwamm sie. Wie damals im Tümpel hinter der Dotterblume. Sie wußte instinktiv und durch Großmutter etwas von der Gefahr des Ertrinkens. War daher überglücklich, ein Rindenland zu erblicken, erreichte, bestieg es und stürzte sich auf zwei süße Tropfen. Dabei beschäftigten sich ihre Hinterbeine mit Abtrocknen.

Herr Pagel hatte die Flasche mit Papier zugestopft und ins Gepäcknetz gelegt, nun las er, dann streckte er sich zum Schlafen.

Nach fünf Reisetagen stieg in Strjetensk ein kleines Kosakenmädchen ins Coupé. Der Kornhändler wollte ein Gespräch anknüpfen, aber sechs Tage später, in Chabarowsk, stieg das Mädchen schon wieder aus.

Fürchterliches hatte die Fliege in diesen Fliegenjahren erlebt: Erdbeben, Springtiden, Seestürme und gräßliche Wasserhosen. Wuppy machte eine naturwissenschaftliche Beobachtung: Nach jeder Wasserhose war das gelbe Tümpel um sie herum seichter.

Schon längst und wiederholt hatte die entsetzte Fliege versucht, das Rindeneiland zu verlassen. Sie hatte sich dabei sogar vorgenommen, ein neues, bescheideneres Leben anzufangen. Aber überall, in gewissen, unterschiedlichen Distanzen, fand sie eine gefrorene Luftschicht, die sich zwar durchsehen, aber nicht durchfliegen ließ. Wuppy vermeinte anfangs, sich verirrt zu haben, doch stellte sie fest, daß ihre Umgebung dieselbe war und blieb.

Fünfzehn Werst vor Wladiwostok hielt der Zug auf offener Strecke infolge Achsenbruches. Der Kornhändler öffnete das Fenster, um nach der Ursache zu fragen. Dann öffnete er die Flasche, um zu trinken; mußte aber vorm Trinken erst niesen. An diesem Fliegentage fand Wuppy, der Luftströmung folgend, einen Ausweg und war auf einmal auf einer Wiese, auf ihrer Wiese. Der Gefahr entronnen, blähte sie sich sofort übermütig auf.

Sonderbar: die Blumen hatten sich verändert. Wie lange mochte es wohl – – Es schien doch, als – – Wuppy kam aufs philosophische Nachdenken. »Ja!« – »Aha!« – »Seltsam!« – »Aber selbstverständlich!« Aber wie lange mochte es nur her sein? Wuppy suchte vergeblich nach ihren Gespielen. Endlich entdeckte sie den alten Brummer vom Kaninchenaas. Tobbold, oder wie er hieß, ein unwissender Proletarier. Aber aus Neugierde sprach Wuppy ihn an: »Na, Vater Tobbold, was machen denn die alten Knochen?«

Der alte Brummer glotzte, ohne zu antworten. Offenbar war er vertrottelt, denn auch sein Äußeres war verzerrt. Als aber Wuppy nun auf andere Fliegen stieß, die alle keine Antwort gaben und alle auch äußerlich entstellt waren, fragte sie sich: Sollte eine ganze Generation Fliegheit vertrotteln können? Dann reflektierte sie weiter: Ich, Wuppy, habe das Problem aufgerollt, ob eine ganze Generation Fliegheit vertrotteln kann. Da meine Mitfliegen diesem Gedankengang ersichtlich nicht zu folgen vermögen, muß ich doch ein – ich darf aus genialer Demut nicht aussprechen, was – sein.

Der große Wahn verstärkt die positiven Fähigkeiten. Wuppy erblickte auf 20 Meter Entfernung eine ihr von Jugend und Großmuttern her bekannte Gefahr: das Laubfrosch. Wuppy begnügte sich nicht damit, ihr Leben in Sicherheit zu bringen, sondern stellte eine Intelligenzprobe an, indem sie in Überlaubfroschhupfhöhe kreiste und durch provozierendes Lachen das Frosch reizte. Es quakte wütend, schließlich kleinlaut. Wuppy wurde in diesem superioren Moment mordsmäßig durch eine Schwalbe erschreckt, die in Rüsselbreite an ihr vorbeisauste. Wuppy flüchtete. Die Schwalbe folgte. Wuppy setzte sich auf einen Ast. Die Schwalbe auch. Wuppys Herz klopfte zum Zerspringen. »Ich fresse Sie nicht«, sagte die Schwalbe beruhigend, »ich bin schon satt.«

Die Schwalbe suchte Unterhaltung. »Ich bin noch gar nicht lange aus Afrika zurück. Auf dem Meere – – wissen Sie, was ein Meer ist?«

Wuppy schüttelte furchtsam den Kopf.

»Sie brauchen keine Angst zu haben«, versicherte die rührende Schwalbe, »vielleicht interessiert es Sie, von meinen Reiseerlebnissen zu hören.«

»Wenn Sie mir Ihr Ehrenwort geben, daß Sie mich nicht fressen«, sagte Wuppy heiser vor Aufregung.

Die Schwalbe gab's.

»Ich weiß sehr wohl, was ein Meer ist«, hub Wuppy dreist an, »und habe überhaupt in meinem tausendjährigen Leben mancherlei –«

»Tausendjährig?« fragte die Schwalbe.

»Ja, tausendjährig. Ich habe hier noch erlebt, daß die Luft stellenweise gefror; ich weiß nicht, ob Ihnen der Begriff Eiszeit geläufig ist.«

Die Schwalbe zog ein sehr einfältiges Gesicht. Wuppy wippte und fuhr dann, mehr wie zu sich selber, aberimmerhin sehr laut und deutlich fort: »Damals vor dem Seesturm, als ich das D-Zug zum Stehen brachte.«

»Bitte, erzählen Sie!« bat die Schwalbe.

»Nein, ich spreche nicht gern davon. Außerdem nehmen mich zur Zeit ernste philosophische Problemeso in Anspruch – – Sicherlich ist Ihnen doch wohlbekannt, wer ich bin –?«

»Nein«, sagte die Schwalbe.

»Nein? Ach wie drollig!« Wuppy lächelte gezwungen. »Aber schon recht. Reden Sie ganz wie mit Ihresgleichen. Sie wollten Erlebtes berichten. Es ist mir durchaus nicht uninteressant, so was in der primitiven Vorstellungsweise, in der naiven Sprache des Volkes zu vernehmen.«

»Ich wage es nicht«, sagte die Schwalbe.

»Papperlapapp! Schießen Sie mal los mit Ihrem Schwalbenlatein.«

Die Schwalbe begann eine lange Geschichte anspruchslos vorzutragen. Wuppy hatte drei Beine über drei andere geschlagen und sich ein wenig abgedreht, als hörte sie nur mit einem Ohr zu. Sie hörte aber überhaupt nicht zu, sondern erwog heimlich Fluchtpläne. Plötzlich brach die Schwalbe ihre Erzählung ab.

»Nun? Was weiter?« fragte Wuppy.

»Mich hungert«, sagte die Schwalbe verlegen und wurde rot. Im selben Moment schwirrte Wuppy, was sie schwirren konnte, in die Tiefe hinab, um sich ins Gras zu retten. Dort wurde sie vom Laubfrosch verschluckt. Die rote Schwalbe aber flog verärgert nach Afrika zurück, wo sie mit ihrer Farbe viele Büffel wild machte. –

Der aus Canada stammende Naturforscher, der den Laubfrosch zersägte, fand die Fliege und sagte: »Ei, ei!«Er sagte es natürlich auf englisch. »Egg, egg!« Wuppy legte zufällig in diesem Augenblicke ihr erstes Ei. Sie war längst in dem Alter. Diese vermeintliche Reaktion ließ den Naturforscher selig erschauern. Die Entdeckung war gemacht, der theoretische Beweis einmal praktisch belegt. Es gab eine tierische Vernunft im menschlichen Sinne. Es gab eine Verständigungsmöglichkeit zwischen Insekt und Professor. In der Stärke und Sicherheit dieser Überzeugung gelangen dem Forscher weitere Fortschritte. Es bedurfte nur eines Rohres mit feinsten Membranen. Das hatte Professor Nipp aus Canada schon mitgebracht.

Die Fliegensprache zerfällt erstens in einen pantomimischen Teil. »Guten Morgen« heißt zum Beispiel auf fliegisch nicht »Good morning«. Rechtes Mittelbein dreißig Grad nach oben gekrümmt, bedeutet: »Wie spät ist es?« Mit unermüdlichem Fleiß lernte Professor Nipp Fliegisch. Der phonetische Teil dieser Sprache kennt keine Maskulina.

Nipp schloß einen Vertrag mit der Fliege. Sie verpflichtete sich, den Professor auf einer sechsmonatigen Vortragsreise durch Canada zu begleiten und während der Vorführungen durch promptes Antworten und folgsames Reagieren die demonstrative Beweisführung des Professors zu unterstützen. Dieser verpflichtete sich dagegen, ihr während der Reise angemessene Nahrung und Unterkunft zu bieten, und garantierte dafür, daß das Auftreten der Fliege im streng wissenschaftlichen Rahmen bliebe und keiner merkantilen Ausbeutung ausgesetzt sei. Wuppy unterzeichnete den Gegenkontrakt fliegisch mit mehreren plastischen Pünktchen.

Professor Nipp kabelte nach Canada, bestellte Säle, Reklame und Impresario. Er kaufte ein schönes Fliegenspind, setzte Harzer Käse, Erdbeeren und Pferdedung hinein und bat Wuppy, näher zu treten. Dann schiffte er sich und sie ein.

Es war eine herrliche Überfahrt. Die frohe, durch eine gewisse wissenschaftliche Weihe gehobene Stimmung des Professors machte ihn aufmerksam und gütig gegen allesund jedermann. Er kletterte mittags ins Matrosenlogis hinunter, spendierte Kognak und unterhielt sich mit den Seeleuten. Es waren merkwürdige Kerle, etwas einseitig, aber durchaus gar nicht dumm, sondern sogar nachdenklich und amüsant. Wie sie bei großer Weltkenntnis oft noch am seltsamsten Aberglauben festhielten, wobei ihre schnurrige Phantasie die wunderlichsten Wege ging.

Der Leichtmatrose Fritzsche erzählte von dem unmenschlichen Riesen Tabarz, den er schon mehrmals auf See angetroffen hätte. Professor Nipp lächelte, aber auch die eigenen Kameraden nahmen Fritzschen nicht ernst, weil er aus Friedrichroda stammte. Der Leichtmatrose stieg beleidigt an Deck. Nach einer halben Stunde rief er dringlich von oben herab:»Herr Professor! Herr Professor!«

»Was gibt's?«

»Er ist da!«

»Wer ist da?«

»Der Riese. Wollen Sie ihn sehen?«

»Ei, ei«, sagte der Naturforscher und kletterte an Deck. Die andern folgten. Die See lag glatt. Nirgends im Rund war Land oder ein Schiff zu erblicken. Kein Wölkchen zeigte sich am blauen Himmel .Die Matrosen lachten.

»Na, wo steckt denn Ihr Herr Tabarz?« fragte Nipp freundlich eingestellt.

»Dort!« Fritzsche zeigte überall hin.

»Wo?«

»Sehen Sie den blauen Himmel?« fragte Fritzsche.

»Freilich, aber –«

»Nun, der ganze blaue Himmel ist ein Stück mittelste Füllung von einem Knopf an der Hose von dem Riesen Tabarz.«

Der Professor wurde in diesem Augenblick vom Steward abgerufen.

In Nipps Kabine war eingebrochen worden. Fritzsche hatte, ohne böse Absicht, nur aus Neugierde, das Fliegenspind entdeckt. Und weil er den Käse und die Erdbeeren darin für die Hauptsache und die Fliege und den Pferdedung für die Nebensache ansah, so hatte er die Hauptsache aufgefressen und das Nebensächliche zerquetscht.

# Der arme Pilmartine

Schon seit Wochen hatten Plakate verkündet, der Franzose Pilmartine würde einen neuen Fallschirm vorführen. Auf der Siebenhenkerwiese war ein 30 Meter hoher Holzturm erbaut. Und an dem Sonntag strömten die geputzten Einwohner der kleinen Stadt hinaus.

Es ging vergnüglich, festlich und spannend zu, wie bei jeder ähnlichen Veranstaltung, und als Monsieur Pilmartine in einem Automobil auf der Wiese eintraf, wurde er mit Händeklatschen empfangen. Es folgte eine Ansprache, Musik. Dann sah man den Franzosen unten am Treppenansatz des Turmes verschwinden und bald darauf oben auf der Plattform des Turmes erscheinen, wo er einen ungeheuren Schirm aufspannte.

Totenstille trat ein. Nur der infame Lümmel, der Fidje Pappendeik, der Lehrling vom Bürstenhändler Hohmann, benahm sich auf dem Stehplatz lausejungenmäßig, indem er unentwegt laut grölte: »Abfahrt! Auf Wiedersehen! Adieu!«

Das weite Publikum zischte: »Pst!« Man rief empört: »Maul halten!« und schließlich: »Raus mit dem Flegel!«

Aber Fidje Pappendeik überschrie alle: »Laßt mich doch, ich fahre jetzt nach dem Monde!« Damit sprang er über die Barriere, lief in die abgesperrte innere Wiese, wo außer einem Arzt, einem Schutzmann, einem Fahrrad, einer Bahre und zwei Sanitätern sich nichts und niemand befand. Fidje Pappendeik aber sprang mit behender Schnelligkeit auf das Fahrrad, fuhr ein Stück über die holperige Wiese hin, und auf einmal – – ehe jemand daran dachte, den Störenfried – – auf einmal – ohne daß irgend jemand bemerkte – – niemand ahnte oder war daraufgefaßt – – kurz, auf einmal hob sich das Fahrrad, und Fidje Pappendeik fuhr auf einem ganz gewöhnlichen Fahrrad, nicht anders, als wie jeder Radfahrer fährt, fuhr aber durch die Luft, auf, über Luft, fuhr schräg aufwärts in die Wolken.

Kurzes Fluchen. Dann tausendfältiges »Ah!« – »Bravo!« Begeistertes Schreien.

Dieses Phänomen war unbeschreiblich aufregend, packend, verblüffend. Hinterher behaupteten alle Teilnehmer, es hätte eine Stunde gedauert. Und vollzog sich so schnell! Denn Fidje Pappendeik mochte noch keine hundert Meter zurückgelegt haben, unten schoß man Gratulationen ihm nach – als er ein schnelleres Tempo anschlug und bald danach zwischen zwei Lämmerwölkchen verschwand.

Flüche und Verwünschungen wurden laut. Dem Arzt war sein Fahrrad, Herrn Hohmann sein Lehrling, den alten Pappendeiks ihr Einziger und einem Zuckerbäcker sein Hauptschuldner entschwunden. Kein Mensch hatte mehr an Pilmartine gedacht. Darüber gebärdete sich der Franzose so wütend, daß er ausrutschend ohne Fallschirm vom Turme fiel; und weil auch sein Genickbruch vom Publikum über dem höheren Ereignis unbeachtet blieb, pumpten sich nun auch der Impresario und das pekuniär und ideell beteiligte Festkomitee mit Zorn auf. Half aber nix.

Die Stadt, die Provinz, die Hauptstadt, die Sportwelt, die Wissenschaft beschäftigten sich mehr und mehr und nach zwei Jahren weniger und weniger mit dem Wunder Fidje Pappendeiks Himmelfahrt. Kam auch nichts heraus. Denn einwandfrei ward nachgewiesen: daß der Sanitätsrat nicht mit im Spiel gewesen war, daß sein Fahrrad ein durchaus normales war und von Pappendeik gestohlen wurde und daß Pappendeik selber einen in jeder Beziehung ordinären Menschen und Lehrling darstellte.

Da Vater Pappendeik das Fahrrad und den Zuckerbäcker sowie einige Beschwichtigungen bezahlte, so blieb nichts übrig als eine sich mehr und mehr entstellende Erinnerung an eine Massenvision und an jemanden, der wirklich weg war.

Drei Jahre waren nach dem Vorfall vergangen, als der Bürstenhändler Hohmann eines Nachts durch Straßenlärm und Glassplitter geweckt wurde. Draußen stand fidel Fidje Pappendeik mit dem Fahrrad.

Lediglich aus Neugierde nahm Herr Hohmann den alten Lehrling wieder auf und war alle Welt zu diesem freundlich. Aber weder dem Bürstenhändler noch irgend jemand anderem, nicht einmal seinen Eltern erzählte Fidje auch nur das Geringste von dem, was er erlebt hatte oder wo er gewesen wäre oder wie er so habe fliegen können. Es kamen Petitionen, Reporter, Professoren, jedoch wenn nicht schon der eifersüchtige Hohmann diese endlosen Wißbegierigen aus dem Hause warf, so erstickte sein Lehrling jedes Interview im Keime, indem er sich plötzlich blödsinnig stellte und stumm Grimassen schnitt oder alle Fragen konstant mit Kopfschütteln beantwortete oder auch gar zu aufdringliche Beharrlichkeit durch noch aufdringlicheres unanständiges Benehmen in die Flucht jagte. Fidje Pappendeik war der verhaßteste Mensch.

Aber obwohl jeder Bürger gelegentlich jedem Bürger einmal versichert hatte, wie er für seine Person es nicht für der Rede wert hielte, sich mit einem unreifen Bengel und einer Jahrmarktsgaukelei noch länger zu befassen, so kochte und gärte doch überall eine alles Dagewesene übertreffende Neugierde. Das Gemüt einer ganzen Stadt blieb in qualvoller Unordnung. Längst war das Fahrrad verrostet, das man so oft photographiert hatte, ohne daß irgend etwas Auffälliges daran zu entdecken war. Zahllose Bücher waren ohne Resultat geschrieben worden. Und Fidje Pappendeik lebte harmlos vergnügt, durchschnittsmäßig dahin; ohne etwas zu verraten und ohne davon Notiz zu nehmen, daß ein bohrendes Fragezeichen von ihm ausgehend durch die Welt wucherte, welches an Bedeutung beispielsweise das Shakespeare-Bacon-Geheimnis übertraf. Hohmann kündigte seinem Lehrling.

Alle Mitbürger ignorierten den grünen Jungen. Nur der Kommerzienrat Dr. Ernst Levin bewies den Mut zu einer Sympathiebezeugung für Fidje, indem er ihm ein stattliches Vermögen schenkte; starb allerdings gleich darauf an einer Darmfistel.

Fidje Pappendeik war reich geworden, lebte indessen nicht viel anders als bisher, harmlos, vergnügt, durchschnittsmäßig, ohne zu verraten und ohne Kenntnis zunehmen. Alles bahnte Versöhnung mit ihm an und haßte ihn insgeheim noch grimmiger.

Weil eine ganze Stadt zu ersticken drohte, war es ein Verdienst des Staatsanwaltes Kirschrot, daß er einen Plan ersann zur sicheren und würdevollen Lüftung des Mysteriums.

Kirschrot bestach drei Gasarbeiter mit Enzianschnaps. Die drei Gasarbeiter erhoben Anklage gegen Fidje Pappendeik und beschuldigten ihn:

1. die Tochter des einen Gasarbeiters entführt und verführt zu haben,
2. im Ausland Spionage getrieben zu haben,
3. als fanatischer Anhänger einer kirchlichen Sekte zwei Waisenkinder totgetreten und beraubt zu haben.

Dies alles verübt während der drei Jahre nach seinem Start von der Siebenhenkerwiese.

Dieser hochsensationelle sexual-politische Ritualdoppelraubmord-Prozeß mußte unter freiem Himmel verhandelt werden. Die gesamte Einwohnerschaft, das rostige Fahrrad und die Siebenhenkerwiese waren zugegen. Die Verhandlung gestaltete sich nach der üblichen Einleitung etwa folgendermaßen:

**Staatsanwalt** Wo fuhren Sie zunächst hin?

**Angeklagter** In die Luft.

**Staatsanwalt** Hatten Sie ein bestimmtes Ziel und welches?

**Angeklagter** Ja, den Mond.

**Staatsanwalt** Erreichten Sie ihn?

**Angeklagter** Nein, ich verirrte mich und geriet auf den Fixstern Glyzerin.

*Bewegung im Publikum.*

**Staatsanwalt** Was taten Sie dort? Wie ging es zu? Wie lange blieben –? Erzählen Sie der Wahrheit gemäß und recht ausführlich. *Atemlose Stille.*

**Angeklagter** Auf Glyzerin geht es genauso zu wie bei uns, bloß daß die Menschen dort nur von Leberwurst leben. *Heiterkeit.*

**Staatsanwalt** Und was taten Sie dort?

**Angeklagter** Ich aß sechs Monate lang Leberwurst.Dann bekam ich den Durchfall, übergab mich und radelte davon. *Lärm, Pfui-Rufe.*

**Staatsanwalt** Ich verbitte mir jegliche Kundgebung seitens der Zuhörerschaft, sonst sehe ich mich genötigt, den Ausschluß der Öffentlichkeit zu be– *Atemlose Stille.*

**Staatsanwalt** Angeklagter, berichten Sie weiter, genau und ausführlich. Wo fuhren Sie hin? Was trafen Sie wie? Wodurch?

**Angeklagter** Ich geriet auf den Planeten Klopsia. Dort gibt es nur anständige Leute.

**Staatsanwalt** Weiter! Weiter! Wieso? Was heißt das? Erzählen Sie doch! Welcher Gestalt taten Sie –?

**Angeklagter** Ich legte mich in ein Kohlrabibeet, schlief zwei Jahre lang und radelte dann weiter.

**Staatsanwalt** Häm – Sonderbar. – In der Tat. Aber die Methode ist uns nicht mehr neu. Wir kommen schon dahinter. Sprechen Sie weiter, Angeklagter. Wo? Nach welcher –?

**Angeklagter** Ich landete auf dem Seitenmonde Exlibris.

**Staatsanwalt** Exlibris?? *Unruhe.*

**Angeklagter** Ja, Exlibris. Dort ging es fürchterlich zu. *Hört! Hört!*

**Staatsanwalt** Fürchterlich? – Ruhe auf der Galerie! – Wollte sagen unter freiem Himmel. – Wieso fürchterlich?

**Angeklagter** Ja. Ich kam todmüde an, entkleidete mich, ohne recht zu wissen wie, stopfte meine Kleider in den Schrank, kroch ins Bett und schlief gleich ein. Bis das Entsetzliche geschah. *Alle Zuhörer stehen unwillkürlich auf.*

**Staatsanwalt** Welches Entsetzliche? Stocken Sie doch nicht fortwährend.

**Angeklagter** Ich erwachte plötzlich. Die Lampe brannte. Da sah ich aus dem Türspalt des Kleiderschrankes einen nackten Arm herausragen, der mir meine zerknüllte Hose reichte, und eine hohle Stimme sagte: »Liederjahn!« Ich sträubte mein Haar, kroch unters Bettdeck. Und als ich wieder erwachte, hatte ich ein halbes Jahr verschlafen. Da radelte ich zur Erde zurück.

*Minutenlanger Lärm, dann Stille.*

**Staatsanwalt** Angeklagter, Sie haben bisher dreist gelogen.

**Angeklagter** Ja.

**Staatsanwalt** Wir wissen Mittel und Wege, Sie zahm zu machen. Aber erklären Sie uns jetzt zunächst einmal, wie Sie es fertigbringen, sich mit einem Fahrrad in die Luft zu erheben.

**Angeklagter** Das kann ich nicht. Ich setze mich einfach drauf und fliege los.

**Staatsanwalt** Quatsch! Ich setze mich auch einfach drauf und fliege nicht los. Also!?

**Der Angeklagte** *schweigt.*

**Staatsanwalt** Können Sie uns den Vorgang vielleicht praktisch vorführen?

**Angeklagter** Ja. *Es wird ihm das rostige Fahrrad gebracht. Angeklagter vormachend* Ich ergreife die Lenkstange erst mit der linken, dann mit der rechten Hand. Dann setze ich den linken Fuß auf das linke Pedal. Dann hole ich ganz, ganz tief Atem. *Allgemeines tiefes Atemholen.*

**Staatsanwalt** Das ist recht, so erzählen Sie vernünftig. Fahren Sie fort!

**Angeklagter** Dann fahre ich fort. *Er schwingt sich auf den Sattel und tritt an. Fährt ein Stück über den Rasen, hebt sich dann in die Luft und bewegt sich erst langsam, auf einmal sehr schnell gen Himmel. Und kam nie zurück.*

# Die Ode an Elisa

»Herein!«

Ein elegant gekleideter Herr mit schwarzem Haar, Spitzbart und Monokel trat ein.

»Verzeihung – ich war schon gestern hier, ohne Sie anzutreffen. Ich bin Baron von Tschmltrzklptsch –« (Den Namen verstand ich nicht.)

»Ihr Besuch ehrt mich, bitte, nehmen Sie Platz. Ich habe leider nur einen Stu –«

»Danke, danke«, unterbrach er mich nervös. »Ich höre, Sie dichten gut –«

»Sehr gut«, bestätigte ich.

»Ich habe ein vielleicht etwas seltsam klingendes Anliegen an Sie, aber ich würde, wenn Sie einverstanden wären, gut honorieren. Es handelt sich um ein Gelegenheitsgedicht –«

»Goethe schrieb nur Gelegenheitsgedichte«, warf ich ein.

»Würden Sie ein Gedicht über meine Frau machen?«

»Mit Vergnügen. Frauenbedichtung ist meine Spezialität.«

»Meine Frau kommt Montag aus Florenz, wird aber nur vierundzwanzig Stunden bei mir bleiben. Da möchte ich ihr das Poem überreichen.«

»Sehr passend und vornehm.«

»Und ein Honorar von fünfhundert Mark würde Sie befriedigen?«

Ich verbeugte mich tief und konnte kein Wort herausbringen.

»Schön«, sagte der Baron, »ich müßte aber die Bedingung stellen, daß Sie mir das Gedicht am Montagabend persönlich nach Uchtriz bringen. Ich bin zwischen acht und neun Uhr im ›Hotel Kaiser‹ zu treffen. Es tut mir leid, Ihnen die Sache so erschweren zu müssen, aber – – «

»Schon gut. Ich bin ein freies Kind der Zeit. Ich brauche nur noch einige Angaben über Ihre Frau.« Damit holte ich einen für solche Zwecke bestimmten Fragebogen aus meinem Schreibtisch und begann die einzelnen Punkte vorzulesen:

»Haare?«

»Blond«, erwiderte der Fremde.

»Augen?«

»Blaugrau.«

»Größe?«

»Mittel.«

»Schlank?«

»Sehr.«

»Vorname?«

»Elisa.«

»Ah! – Besondere Eigentümlichkeiten oder sonst Erwähnenswertes?«

»Sammelt Strumpfbänder.«

»Danke bestens. Das genügt. Montag zwischen acht und neun haben Sie das Gewünschte.«

»Und nicht wahr, ich kann mich auf Ihre Pünktlichkeit verlassen?«

»Der Wahn ist kurz, die Reu ist lang!« zitierte ich, da mir nichts Passenderes einfiel.

»Schön. Soll ich den pekuniären Teil gleich – – «

»Bitte, das eilt nicht.« Ich heuchelte erhabene Gleichgültigkeit.

»Hier ist die Adresse: Uchtriz, ›Hotel Kaiser‹, acht bis neun Uhr. Dann besten Dank im voraus und auf Wiedersehen. Ich empfehle mich Ihnen!«

»Adieu, Herr Baron, habe die Ehre!« rief ich an der Treppe laut. Alle Nachbarn hörten es.

Das Gedicht über oder besser an Elisa ward noch am selben Tage fast fertig gedichtet. Es gelang wirklich schön. Nur auf Strumpfbänder fehlte mir noch ein Reim, Sumpfländer paßte nicht recht und Rumpfschänder schien mir zu gesucht. Doch das wollte ich schon noch finden.

Inzwischen hatte ich mit vieler Mühe festgestellt, daß Uchtriz ein kleiner Marktflecken, etwa zwei Stunden Bahnzeit entfernt und keine Bahnstation war.

Mein Freund Koppel, dem an dieser Stelle nochmals gedankt sei, lieh mir am Montag das Fahrgeld. In strömendem Regen, auf ausgefahrenen Feldwegen mußte ich von der letzten Bahnstation bis Uchtriz anderthalb Stunden zu Fuß gehen.

»Hotel Kaiser« war der beste Gasthof dort. Man erhielt auf Wunsch Servietten. Übrigens gab es keinen Gasthof weiter in dem Ort. Als ich anlangte, erkundigte ich mich zunächst, ob ein Baron mit schwarzen Haaren, Monokel und vornehmer Kleidung dort logierte, denn ich wußte den Namen meines Auftraggebers leider nicht. Man teilte mir mit, der Herr wohne allerdings dort, habe aber nach Stallberg fahren müssen und hinterlassen, wer ihn zu sprechen wünsche, solle ihn erwarten; er käme um elf Uhr zurück.

Das war sehr fatal und eine Ungehörigkeit, die nur durch die Höhe des Honorars gerechtfertigt schien.

Ich aß von neun bis elf Uhr sieben belegte Butterbrote und feilte dabei noch etwas an meiner Ode an Elisa.

Dann wurde mir die Rückkehr des Barons gemeldet. Ein schwarzhaariger Herr mit Monokel, vornehm gekleidet, erschien. Es war jedoch nicht der von mir Gesuchte, sondern ein Bergingenieur aus Lüneburg. Außerihm wohnte zur Zeit kein Fremder in Uchtriz, und niemand wußte etwas von meinem Baron. Ich war wütend und befand mich in einer peinlichen Situation, da ich keinen Pfennig Geld mehr besaß.

In meiner Not vertraute ich mich dem Bergingenieur an, bat ihn, mir das nötige Geld vorzustrecken, und bot ihm dafür meine Ode an Elisa an. Etwas mißtrauisch zunächst, wünschte er das Gedicht zu hören. Ich las es vor. Nach der zweiten Strophe schenkte er mir das Geld wie auch das Gedicht und empfahl sich, ohne meinen Dank abzuwarten.

Sehr niedergeschlagen machte ich mich auf den Heimweg, indem ich den Schuft von Baron verwünschte, der mich so niederträchtig im Stich gelassen hatte.

Drei Tage später begegnete mir dieser Herr auf der Straße und wollte kaltblütig vorübergehen. Ich trat jedoch auf ihn zu und grüßte in erwartender Haltung.

Er sah mich einen Moment zerstreut an, dann faßte er plötzlich meine Hand und fragte mit ruhiger Stimme: »Sagen Sie mal, glauben Sie, daß es Katzen mit Flossen gibt?«

»Nein«, entgegnete ich empört, »mein Herr, ich glaube nur, daß Sie verrückt sind.« – –

Ich will nicht zu ausführlich erzählen.

Meine Meinung bestätigte sich. Der Baron entpuppte sich als ein verrückter Barbier aus der Augustenstraße, der in der ganzen Umgegend bekannt war und besonders von der Jugend als Sonderling gern verfolgt wurde. Mein eigener Sohn kannte ihn und lachte mich wegen meiner Leichtgläubigkeit aus. – – Findest du nicht, lieber Leser, daß diese Geschichte viel hübscher anfängt als aufhört?

# Drama im Zoo

Es war schwül. Der Schullehrer sah ernst nach einer heraufziehenden Wolke, die wie ein Wiener Schnitzel aussah. Er trieb seine Kinder vom Elefanten zum Affenland. Die Kinder staunten laut. Hundert Fragen lärmten. Ein Herr mit einem harten Hut verließ stolz die Küste des Affenlandes, schritt steif einer anderen Anlage zu und blickte auf ein Bassin hinunter. »Nichts ist hier zu sehen. – Nur eine lange Schnecke ohne Haus.«

Es wurde ganz finster. Der Herr wechselte seine scharfe Brille gegen eine noch schärfere und sah nochmals hinab. »Guten Tag, Herr Gulbransson! Nanu, hier?!« rief er und schwenkte seinen Hut. Der Hut entglitt ihm und trieb dann, Futter nach oben, wie ein Schifflein auf dem Wasser.

Außerdem war es gar nicht Herr Gulbransson, sondern ein Seelöwe, der da aufgetaucht war und dem Zeichner Gulbransson sehr ähnlich sah. Der begann sofort, den Hut auf seiner Nase zu balancieren.

»Offenbar dressiert. Aber was geht das mich an. Es ist mein Hut!« – Die Schulkinder schwirrten an die halbkreisförmige Mauer. Sie jubelten. Das hatten sie noch gestern im Zirkus bejubelt. Nur wir es dort ein Ball gewesen.

Der Lehrer wandte sich an den hutlosen Herrn: »Ist Ihnen Ihr Hut entfallen?«

»Das geht Sie gar nichts an.« Der Kurzsichtige hätte vielleicht noch mehr gesagt, aber ein paar Regentropfen hatten seine Brille getrübt, nun putzte er die.

»Verzeihen Sie«, sagte der Lehrer, »ich wollte Ihnen nur eventuell behilflich sein.« Der Seelöwe schwamm unaufhörlich im Kreise herum, ohne daß der tanzende Hut einmal seiner Nase entwich. Nun kam er der Mauer näher. – Es regnete.

»Ich pflege mir selbst zu helfen«, sagte der Kurzsichtige, ergriff seinen Spazierstock an der Zwinge und versuchte nach dem Hut zu angeln, indem er sich weit über die Brüstung beugte. Er schätzte die

Entfernung ganz falsch ein. Außerdem verlor er die Balance und plumpste ins Wasser. Die Schulkinder schrien.

Der Kurzsichtige schwamm hastig dem andern, seichten Ufer zu. Der Seelöwe brachte sich mit einer kurzen graziösen Schleife an seine Seite. Der Lehrer feixte.

Ein Wolkenbruch pladderte. Der Herr im Wasser kroch hilfeschreiend auf allen vieren ans Ufer und wollte ohne Hut, ohne Stock, ohne Brille davonlaufen. Aber da kam gerade aus dem Nachbarkäfig ein Renntier auf ihn zugetrabt. Die Kinder quiekten. – Es blitzte.

Kein Regenschirm entfaltete sich. Lehrer und Schüler flohen. Nur vier von den Kindern trotzten Rügen und Regen, um weiter zuzusehen: Wie Renntier und Kurzsichtiger voreinander erschraken. Dann einander ausweichend entfliehen wollten, aber leider immer dieselbe Fluchtrichtung wählten. Bis ihre Kopflosigkeit sie versehentlich doch endlich trennte.

Das Renntier tat noch ein paar Sprünge und dann das, wozu es herübergekommen war. Es trank von der Seelöwen-Badebrühe. Der Kurzsichtige war entschwunden. Er trachtete wohl konträr nach Trockenheit. – Es donnerte. – Das Renntier fürchtete sich nicht davor. Als es seinen Durst gelöscht hatte, trabte es in sein Spezialrevier zurück.

Der Seelöwe fürchtete weder Renntier noch Gewitter. Dennoch war er sehr aufgeregt. Versuchte immer wieder vergeblich, sich an der Steilmauer hochzuschwingen. Denn an dieser Mauer kroch, ganz langsam, unglaublich steil, etwas Winziges, Dunkles, Glattes.

»Wie groß du bist!« sagte die ehrlich bewundernde Schnecke in ihrer Sprache. »Und wie schnell du dich bewegst! – Bist du männlich?«

Die Robbe verstand die Schnecke nicht und redete sie auf seelöwisch an: »Wie niedlich du bist! Wie du deinen Kopf wiegst, du könntest eine ganz winzige Seelöwin sein, trotz deiner Stielaugen, die dir ganz gut stehen. – Oder bist du ein Fisch? – Hab keine Angst. Komm doch näher! Ich bin so neugierig. – Außerdem habe ich Hunger.«

Die Schnecke verstand kein Seelöwisch, aber sie war begeistert von den geschwinden Tanzbewegungen des großen, fremden Bruders. Sie versuchte es ihm nachzumachen. Sie schnellte ihr Hinterteil hoch. Leider auch gleichzeitig ihr Vorderteil.

Es blitzte und donnerte in rascher Folge. Der Seelöwe spuckte die Schnecke zunächst erst einmal wieder aus.

Sämtliche Besucher des Zoos saßen jetzt im Restaurant. Man pries die moderne Anlage des neuen Tiergartens. Man lobte die Stadtväter, die es damit erreicht hätten, dem kleinen Ort das Gepräge einer Großstadt zu geben. – Wie glücklich die Tiere in diesen weiten freien Einzäunungen sein müßten. Ein besonders Kluger bewies: die Tiere wären jetzt noch glücklicher als in Freiheit. Denn der geringe, notwendig verbleibende Rest von Gitterwerk und Überwachung sicherte sie hier doch vor Feinden. »Im Gegensatz zur Freiheit«, bestätigte ein beinahe ebenso Kluger.

Vom Donner und Regen draußen hörte man drinnen nichts mehr. Die Leute tranken Bier oder Kaffee. Sie lachten über den verrückten Elefanten, der sich selber Dreck auf den Rücken warf. Sie spöttelten über den verwöhnten Seelöwen, der die zugeworfenen Brotstücke verschmähte. – Man lobte das Bier. – Man tadelte die Bieruntersetzer und die Bedienung. – Jemand schlug vor ... Alle schlugen mit der Zeit vor. – Es herrschte eine gemütliche Nörgelstimmung.

Im Zimmer der Zoo-Leitung war indessen eine Sitzung im Gange. Die Reden vom Bürgermeister, von zwei Stadträten und vom Zoo-Direktor gingen herum wie vier Katzen um vier heiße Breie.

Der erste Stadtrat zählte nochmals auf, welche Unkosten der Stadt in letzter Zeit erwachsen wären. Durch die Anbringung zweier Ehrentafeln und Vergoldung der Gitterwerke und Türklinken am Rathaus. Ferner durch...

Der Bürgermeister, getragen von der Solidarität der Stadträte, führte in seiner dritten Ansprache selbstgefällig aus: Daß zwar der Elefant eine Stiftung wäre und die Affen eine Leihgabe wären. – Daß aber angesichts der weit unterschätzten Baukosten. – Und der allgemeinen wirtschaftlichen Notlage der Ankauf eines Seelöwen doch etwas verfrüht gewesen wäre.

Der junge Zoo-Direktor erklärte leidenschaftlich: Was Tiere koste-
ten. Was ihr Futter kostete. Was ein Zoo ohne Tiere sei. Und was ein
Zoo mit Tieren für den Fremdenverkehr, für Volksbelehrung und
Ablenkung von politischen und ...

Der zweite Stadtrat erhob sich: Alle Ideale in Ehren. Aber so, wie
nun einmal die öffentlichen Ansprüche lägen, müßte man doch
zunächst einmal die Anziehungspunkte berücksichtigen. Und den
Restaurant-Betrieb ausbauen.

Im übrigen könnte man ja zunächst einmal mit billigeren Tieren
einsetzen. Mit einheimischen Tieren, wie Igel, Rehe, Papagei, sogar
Katze und Hund. Denn schließlich seien doch alle Tiere interessant.
Auch er sei der Meinung, die Giraffe vor der Hand – er lächelte –
noch etwas in die Länge zu ziehen und abzuwarten, wie ...

Der erst seit kurzem ansässige Zoo-Direktor entschuldigte sich
für einen Moment. Er wurde ans Telefon gerufen.

Als er zurückkam, weinte er. Die anderen drei Herren erhoben
sich wohlwollend erschreckt neugierig. – Der Seelöwe war soeben
vom Blitz erschlagen.

Eigentlich hatte der Direktor aus Wut geweint.

# Der ehrliche Seemann

Es lebte einmal eine Fee auf Erden in Gestalt einer schönen Prinzessin. Die wohnte in einem prächtigen Schloß, hielt sich unzählige Diener und goldene Wagen mit wertvollen Pferden und trug die kostbarsten Kleider, so daß der Ruhm ihres Reichtums wie der ihrer Schönheit weit hinausdrang. Die Prinzessin hatte im ganzen Lande verbreiten lassen, daß sie sich vermählen wolle, daß sie aber nur einen zum Gemahl nehmen würde, der ganz frei von Lüge und falscher Gesinnung wäre; denn sie liebte die Wahrheit und die Offenheit über alle Maßen. Da strömten denn die Ritter und Edelleute aus allen Teilen des Landes herbei, die die reiche und schöne Prinzessin gerne besessen hätten. Diese ließ jeden einzeln zu sich kommen, legte ihm eine Frage vor, befahl ihm, die der Wahrheit getreu zu beantworten. Darauf hieß sie ihm den Mund öffnen, setzte sich ihre Zauberbrille auf und blickte durch diese in den Mund. Da sah sie denn nun, daß keiner von den Freiern die Wahrheit gesprochen hatte, denn sie hatten alle gespaltene Zungen; das betrübte die Fee sehr, und sie schickte die Ritter und Edelleute wieder fort.

Da nun die Ritter und Edelleute kein Glück hatten, versuchten auch bald viele aus dem Volke, die Prinzessin zu gewinnen. Schuster, Schneider, Dichter, Sänger, Kaufleute und Gelehrte, ja sogar ein Bettler kamen auf das Schloß; denn die Prinzessin ließ alle ohne Unterschied zu sich; aber alle diese Leute mußten unverrichteter Sache wieder heimkehren, denn sie wurden alle von der Zauberbrille als verlogen erkannt.

Da sprach auch eines Tages ein Seemann im Schlosse vor, der war gerade von einer weiten Reise zurückgekehrt, hatte dann die Prinzessin gesehen und sich so in sie verliebt, daß er auf der Stelle zum Schlosse geeilt war und um ihre Hand anhielt.

Mit festem Schritt trat er vor den Thron der holden Jungfrau.

»Sage mir die Wahrheit«, begann diese, »was liebst du am meisten, mein Herz, meine Schönheit oder meinen Reichtum?«

»Deine Schönheit«, erwiderte der Seemann ohne Besinnen, und das war wahr, denn er kannte ja ihr Herz noch gar nicht, und aus dem Reichtum machte er sich nicht viel.

Nun setzte sich die Fee die Zauberbrille auf und gebot dem Seemann, den Mund zu öffnen. Kaum hatte sie einen Blick in diesen
getan, so rief sie: »Pfui Teufel, du priemst ja!«, und damit verschwand sie mitsamt ihrem Schlosse, den Dienern, Wagen und
Pferden, und der Seemann erwachte in seiner Hängematte.

## Kuttel Daddeldu erzählt seinen Kindern das Märchen vom Rotkäppchen und zeichnet ihnen sogar was dazu

Also Kinners, wenn ihr mal fünf Minuten lang das Maul halten könnt, dann will ich euch die Geschichte vom Rotkäppchen erzählen, wenn ich mir das noch zusammenreimen kann. Der alte Kapitän Muckelmann hat mir das vorerzählt, als ich noch so klein und so dumm war, wie ihr jetzt seid. Und Kapitän Muckelmann hat nie gelogen.

Also lissen tu mi. Da war mal ein kleines Mädchen. Das wurde Rotkäppchen angetitelt – genannt heißt das. Weil es Tag und Nacht eine rote Kappe auf dem Kopfe hatte. Das war ein schönes Mädchen, so rot wie Blut und so weiß wie Schnee und so schwarz wie Ebenholz. Mit so große runde Augen und hinten so ganz dicke Beine und vorn – na kurz, eine verflucht schöne, wunderbare, saubere Dirn.

Und eines Tages schickte die Mutter sie durch den Wald zur Großmutter; die war natürlich krank. Und die Mutter gab Rotkäppchen einen Korb mit drei Flaschen spanischen Wein und zwei Flaschen schottischen Whisky undeiner Flasche Rostocker Korn und einer Flasche Schwedenpunsch und einer Buttel mit Köm und noch ein paar Flaschen Bier und Kuchen und solchen Kram mit, damit sich Großmutter mal erst stärken sollte.

»Rotkäppchen«, sagte die Mutter noch extra, »geh nicht vom Wege ab, denn im Walde gibts wilde Wölfe!« (Das Ganze muß sich bei Nikolajew oder sonstwo in Sibirien abgespielt haben.) Rotkäppchen versprach alles und ging los.

Und im Walde begegnete ihr der Wolf. Der fragte: »Rotkäppchen, wo gehst du denn hin?«

Und da erzählte sie ihm alles, was ihr schon wißt. Und er fragte: »Wo wohnt denn deine Großmutter?«

Und sie sagte ihm das ganz genau: »Schwiegerstraße dreizehn zur ebenen Erde.«

Und da zeigte der Wolf dem Kinde saftige Himbeeren und Erdbeeren und lockte sie so vom Wege ab in den tiefen Wald.

Und während sie fleißig Beeren pflückte, lief der Wolf mit vollen Segeln nach der Schwiegerstraße Nummero dreizehn und klopfte zur ebenen Erde bei der Großmutter an die Tür.

Die Großmutter war ein mißtrauisches, altes Weib mit vielen Zahnlücken.

Deshalb fragte sie barsch: »Wer klopft da an mein Häuschen?«

Und da antwortete der Wolf draußen mit verstellter Stimme: »Ich bin es, Dornröschen!«

Und da rief die Alte: »Herein!«

Und da fegte der Wolf ins Zimmer hinein. Und da zog sich die Alte ihre Nachtjacke an und setzte ihreNachthaube auf und fraß den Wolf mit Haut und Haar auf.

Unterdessen hatte sich Rotkäppchen im Walde verirrt. Und wie so pißdumme Mädel sind, fing sie an, laut zu heulen.

Und das hörte der Jäger im tiefen Wald und eilte herbei. Na – und was geht uns das an, was die beiden dort im tiefen Walde miteinander vorgehabt haben, denn es war inzwischen ganz dunkel geworden, jedenfalls brachte er sie auf den richtigen Weg.

Also lief sie nun in die Schwiegerstraße. Und da sah sie, daß ihre Großmutter ganz dick aufgedunsen war.

Und Rotkäppchen fragte: »Großmutter, warum hast du denn so große Augen?« Und die Großmutter antwortete: »Damit ich dich besser sehen kann!«

Und da fragte Rotkäppchen weiter: »Großmutter, warum hast du denn so große Ohren?«

Und die Großmutter antwortete: »Damit ich dich besser hören kann!«

Und da fragte Rotkäppchen weiter: »Großmutter, warum hast du denn so einen großen Mund?«

Nun ist das ja auch nicht recht, wenn Kinder so was zu einer erwachsenen Großmutter sagen.

Also da wurde die Alte fuchsteufelswild und brachte kein Wort mehr heraus, sondern fraß das arme Rotkäppchen mit Haut und Haar auf. Und dann schnarchte sie wie ein Walfisch. Und draußen ging gerade der Jäger vorbei.

Und der wunderte sich, wieso ein Walfisch in die Schwiegerstraße käme. Und da lud er seine Flinte und zog sein langes Messer aus der Scheide und trat, ohne anzuklopfen, in die Stube.

Und da sah er zu seinem Schrecken statt einen Walfisch die aufgedunsene Großmutter im Bett.

Und – diavolo caracho! – da schlag einer lang an Deck hin! – Es ist kaum zu glauben! – Hat doch das alte gefräßige Weib auch noch den Jäger aufgefressen. –

Ja, da glotzt ihr Gören und sperrt das Maul auf, als käme da noch was. – Aber schert euch jetzt mal aus dem Wind, sonst mach ich euch Beine.

Mir ist schon sowieso die Kehle ganz trocken von den dummen Geschichten, die doch alle nur erlogen und erstunken sind.

Marsch fort! Laßt euren Vater jetzt eins trinken, ihr – überflüssige Fischbrut!

# Rätselhaftes Ostermärchen

## (nur mit Ei und Eier aufzulösen)

Der FrackverlOher HOnrich OstermOO kehrte am ersten Oster-fOOtage sehr betrunken hOm. SOne Frau, One wohlbelObte klOne Dame, betrieb in der KlOsterstraße Onen OOrhandel. Sie empfing HOnrich mit den Worten: »O O, mOn Lieber!« DabO drohte sie ihm lächelnd mit dem Finger. Herr OstermOO sagte: »Ich schwöre Onen hOligen Od, daß ich nur ganz lOcht angehOtert bin. Ich war bO Oner WOhnachtsfOer des VerOns FrOgOstiger FrackverlOher. Dort hat Ones der Mitglieder anläßlich der Konfirmation sOner Tochter One Maibowle spendiert, und da habe ich denn sehr viel RhOnwOn auf das Wohl des verehrten JubelgrOses trinken müssen, wOl man ja nicht alle Tage zwOundneunzig Jahre alt wird.« Frau OstermOO schenkte diesen Beteuerungen kOnen Glauben, sondern sagte nochmals: »O O, mOn Lieber!« Worauf ihr PapagO die ersten zwO Worte »O O« wohl drOßigmal laut wiederholte. Über das GeschrO des PapagOs geriet HOnrich in solche Wut, daß er On BOl ergriff und sämtliche OOOO zerschlug. Frau OstermOOwurde krOdeblOch und lief, triefend von Ogelb, zur PolizO. Ihr Mann aber ließ sich erschöpft auf Onen Stuhl nieder und wOnte lOse vor sich hin. Bis ihm der PapagO von oben herab On OsterO in den Schoß warf. Da war alles vorbO.

# Vom andern aus lerne die Welt begreifen

Ein Märchen

Emanuel Assup war durch Fleiß, Einsicht und Treue ein wohlhabender Gutsbesitzer geworden. Sein einziges Kind, ein stiller Junge, hieß Schelich. Der hatte das Abitur bestanden. Nun sollte er einen Beruf ergreifen. Er äußerte, befragt, etwas unsicher:»Seemann.« Der Vater redete ihm das aus. Das Marineleben sei ein hartes und gefährliches. Schelich könnte mit seiner guten Schulbildung auf anderen Gebieten festeres Glück erreichen. Emanuel Assup führte das sehr sachlich und herzlich aus. Und er ließ dem Sohn danach Zeit, sich in Ruhe auf etwas anderes zu besinnen.

Schelich ging spazieren. Durch den Garten ans Meer, am Strand entlang, durch den Wald und über die Felder. Er fütterte die Vögel und die Fische und sein Lieblingstier: eine Riesenschildkröte, die ihm der Vater zum Geburtstag geschenkt hatte. Für das Tier war im Garten ein zehn Quadratmeter großes Gehege mit einem Bretterzaun abgegrenzt.

Nach mehreren Wochen erkundigte sich Herr Assup bei seinem Sohn:»Bist du schon mit dir selber einig darüber, was du werden willst?«

»Ich möchte Flieger werden.«

»Nein, mein Junge, das gebe ich nicht zu. Der Fliegerberuf ist ein waghalsiger, und sein Ruhm befriedigt auf die Dauer keinen geistig begabten Menschen. Überlege dir etwas Besseres. Ich lasse dir Zeit zum Nachdenken, solange du willst. Aber ich warne dich vor dem Müßiggang. Werde nicht faul, wie es zum Beispiel die Schildkröte ist, die tagelang auf ein und demselben Fleck liegt und noch nichts geleistet hat.«

Der Sohn antwortete schüchtern:»Ist sie nicht dennoch ein großes Tier geworden?«

Da wandte sich der Vater lächelnd ab.

Schelich ging zur Schildkröte und fragte sie:»Bist du glücklich?« Aber sie gab keine Antwort, sondern zog sich in ihr Gehäuse zurück.

Schelich fragte die Vögel: »Seid ihr glücklich?«

»Ja! Ja! Weit über die höchsten Türme, Wipfel und Gipfel, durch die lichten und wechselnden Wolken zu jagen, gegen die Winde zu steigen, von Winden getragen, sich schwebend zu halten; aus steilen Höhen sich fallen zu lassen, um kurz vor dem Aufprall die fangenden Schwingen zu entfalten und frei zu singen – – das ist wunderschön!«

Da wurde Schelich sehr traurig. Ohne sich jemandem anzuvertrauen, verließ er eines Morgens das Haus seines Vaters und wanderte davon. Als er nach zwei Tagen den höchsten Punkt eines hohen Berges erreicht: hatte, stürzte er sich von einer steilen Felswand hinab. Zweifellos wäre er in der Tiefe zerschmettert, wenn ihn nicht ein großer Vogel mit seinen Flügeln aufgefangen hätte. Der trug ihn nun Meilen und Meilen weit über Länder und Meere durch die Lüfte.

»Fliegen ist schön!« sagte Schelich.

»Ja, fliegen ist schön, aber man muß es erlernen und verstehen.« Und der Vogel setzte den jungen Mann in einer fernen großen Stadt ab und entflog.

Schelich fühlte sich frohen Mutes und unternehmungslustig. Er suchte und fand eine Stellung bei einer Fliegereigesellschaft und wurde im Laufe einiger Jahre ein geschätzter Luftpilot. Obwohl er zweimal mit seinem Flugzeug abstürzte, kam er doch mit dem Leben davon und blieb gesund. Aber seinem Vater sandte er nicht das geringste Lebenszeichen. Er wollte ihn erst dann benachrichtigen, wenn er einmal durch eigene Kraft ein Vermögen erworben hätte. Das gelang ihm nicht. Er ward des Fliegerlebens überdrüssig, und seine Sehnsucht nach dem Vater wuchs und wurde so mächtig, daß er eines Tages heimkehrte.

Vater und Sohn fielen einander in die Arme. Sie weinten vor Rührung und Dankbarkeit. Dennoch sprach Schelich kein Wort über das, was er erlebt hatte. Und der Vater fragte mit keinem Worte danach, sondern verzieh schweigend. Aber Schelich war ganz erschrocken darüber, wie sehr sein Vater inzwischen gealtert war.

Und Schelich wurde noch ernster und nachdenklicher. Er eilte zur Schildkröte, fand sie am alten Platz und fragte:»Wie geht es dir? Bist du glücklich?«

Sie gab keine Antwort, sondern zog sich in ihr Gehäuse zurück.

Schelich entfernte den Bretterzaun, der sie gefangen hielt. Der alte Assup kam zufällig hinzu und sagte erstaunt und nicht ohne Vorwurf:»Warum zerstörst du, was ich errichtet habe?«

Wieder lebte Schelich wie zuvor. Er ging spazieren und fütterte die Tiere. Einmal betrat er das Arbeitszimmer des Vaters und teilte diesem ruhig mit, daß die Schildkröte entflohen wäre. Assup senior erregte sich sehr. Er wollte sofort seinen Jäger und ein paar Knechte veranlassen, die Verfolgung aufzunehmen. Schelich beruhigte ihn: «Es ist nicht nötig, Vater. Ich habe die Schildkröte bereits aufgespürt. Sie liegt drei Fuß weit von der ehemaligen Zaungrenze entfernt.«

Vater Assup lachte und klopfte dem Sohn freundlich auf die Schulter. Plötzlich wurde er wieder ernst und sagte, sich abwendend, leise:»Man kommt nicht weit, wenn man sich heimlich entfernt.«

Schelich fragte die Fische:»Seid ihr glücklich?«

»Ja! Ja! Sich von den kühlen Fluten so gütig weich allseitig umspülen, sich treiben zu lassen und tief zu tauchen in dunkles Reich, wo Wunder blinken; ohne zu ertrinken, durch hohe Wellen, durch Strudel und zischende Böen zu reisen, sich vorwärts zu schnellen; das Fließen von Kühlung zu genießen – – ach, das ist wunderschön!«

Da wurde Schelich noch trauriger. Er ruderte heimlich mit einem Boot hinaus in die hohe See und sprang dort über Bord, um sich zu ertränken.

Wäre auch ertrunken, weil er nicht schwimmen konnte. Aber wie er so tiefer und tiefer absackte, fuhr ihm auf einmal ein großer Fisch zwischen die Beine. Der trug auf seinem Rücken ihn zur Wasseroberfläche empor. Unddann auf weiter Reise davon, nach einem fernen Land. Dort setzte er ihn in seichtem Strandwasser nahe einer Hafenstadt ab.

»Ach, schwimmen und reisen ist schön!«

»Ja, aber es will erlernt sein.« Mit diesen Worten entschwand der Fisch.

Schelich watete ans Ufer. Er war voller Energie und Hoffnung. Es glückte ihm bald, sich auf einem Segelschoner als Schiffsjunge zu verdingen. So fuhr er zur See nachentlegenen Küsten und wurde ein guter Seemann. Aber wiederum sandte er keinerlei Nachricht nach Hause, obwohl er diesmal noch stärkere Sehnsucht nach dem Vater empfand als damals in seiner Pilotenzeit. Er wollte so lange als verschollen gelten und nur fleißig arbeiten, bis er dem Vater eines Tages als Kapitän gegenübertreten könnte. An diesem Entschluß hielt er fest. Manchmal meinte er, vor Sehnsucht umkommen zu müssen. Auch bereitete ihm sein Beruf auf die Dauer keine Befriedigung mehr. Doch Scheuch avancierte rasch, wurde Leichtmatrose, Matrose, dann Bootsmann, dann Steuermann.

An dem Tage, da er sein Kapitänspatent erhielt, ließ sich ihm ein Knecht aus seiner Heimat melden. Der hatte sich auch entschlossen, Seemann zu werden, und er brachte Schelich nun die Nachricht, daß Emanuel Assup vor einem halben Jahre gestorben wäre.

Da kam ein schweres Schmerzgefühl über den Sohn. Er reiste, so schnell er vermochte, heim.

Am Grabe des Vaters fiel er nieder und schluchzte bitterlich. Dann trieb es ihn zu der Schildkröte. Auch sie war tot. Ihr Gehäuse mit den verwitterten Resten lag noch am alten Platz. Schelich bettete die Tierleiche in die Erde ein, neben dem Grabe des alten Assup.

Schelich irrte verzweifelt umher, fragte die Vögel und die Fische, warum sie glücklich wären und warum er nicht glücklich wäre. Doch die Vögel und die Fische antworteten ihm nicht mehr.

So machte er sich endlich, unendlich einsam, daran, den Nachlaß seines Vaters zu ordnen. Im Schreibtisch entdeckte er ein schlichtes Notizheft. Dahinein hatte der alte Herr noch mit zittriger Hand geschrieben:

Es sind die harten Freunde, die uns schleifen. Sogar dem Unrecht lege Fragen vor.

Wer nimmer fragt, merkt nicht, was er verlor.
Vom andern aus lerne die Welt begreifen.

# Die wilde Miß vom Ohio

Ich rede von einem jener gott- und menschenverlassenen Eisen-
bahnpunkte, wo normale Fremde den Verstand verlieren, wenn sie
nicht Schlafvirtuosen sind oder ein dichterisches Verständnis für die
Poesie der Öde haben. –

Als ich die Tür zur Wartehalle klinkte, flehte ich irgendeine über-
irdische Macht an, mich nicht in eine Gesellschaft zu lancieren, die
über Bierqualitäten, Zufälle im Lotteriespiele oder innere Politik
polemisierte.

Es war jedoch nur ein einziger Gast anwesend, eine stattliche Ba-
ron-Offizier-Lebemannerscheinung, die mir gleich durch eine kurze
Kopfbewegung zu verstehen gab, daß ich mich zu den unsichtbaren
Geistern zählen dürfe. Das war ganz nach meinem Sinn, und ich
drückte mich selbst in den entferntesten Winkel, gleichfalls ein
deutliches Noli me tangere in meine Züge legend.

Der Herr »Ober« bemühte sich, meine schlechte Stimmung auf
den nervösesten Punkt zu schrauben, durch allerhand Schikanen,
die ich in vier Humoresken und einer Tragödie zu verwenden ge-
denke. Dann allmählich schlief er am Zeitungsständer ein. Und nun
war es still inder leeren Halle. Nur ein melancholischer Landregen
nässelte an den Fensterscheiben.

Der Baronartige starrte regungslos auf eine Flasche Burgunder.
Ich hatte das Gefühl, daß ich ohne seine Gegenwart ein stimmungs-
volles Gedicht verfassen könnte. Die Hände vor die Augen pressend, um ihn nicht mehr zu sehen, gewahrte ich durch die Finger-
spalten, daß er energische und eigentlich mehr zielbewußte als bla-
sierte Gesichtslinien hatte, daß eine breite Narbe an seiner Schläfe
nicht übel wirkte und daß er einen pompösen, exotischen Ring trug.

Die Einsamkeit ist die Treppe zum Gedankenkeller. Sie ist selbstverständlich wertlos für denjenigen, der unten nichts auf Lager hat.
Wer aber sein Fäßchen oder gar Fässer, Tonnen dort liegen weiß –
meistens die, welche oben nur wenig verzapfen –, dem fällt es nicht
schwer, die Stunden in dieser erfrischend kühlen Tiefe totzuschla-
gen.

Auch ich wollte mein Fläschchen Spiritus heraufholen, um damit den eingeborenen Zeltinger zu veredeln, den mir das Bahnhofsrestaurant zu Kriegspreisen aufgetischt hatte.

Der Baron war wirklich im Grunde ein recht sympathischer Mann. Er schien ebenfalls trübseliger Laune zu sein und saß noch immer wie ich über sein Glas gebeugt – Zigarrenrauch und Asche studierend.

Da öffnete sich die Türe. Ein älterer, wettergebräunter Dritter im Jagdkostüm blieb auf der Schwelle stehen.

Der Baron bemerkte ihm sofort durch eine kurze Kopfbewegung, daß er sich zu den unsichtbaren Geistern zählen dürfe, und ich legte ein deutliches Noli me tangerein meine Züge. Der Jäger aber bediente sich einer noch überlegeneren Sprache. Er sah sich weder nach dem Baron noch nach mir um, sondern placierte sich mit geometrischer Geschicklichkeit so, daß er uns beiden gleichzeitig den Rücken zudrehte. Die schikanöse Einleitung des Kellners kürzte er dadurch ab, daß er ihn sehr bald mit Kamel anredete.

Ich fühlte mein Dichtermilieu durch einen struppigen Bart, verwegen rollende Augen und eine lokomotivierende Meerschaumpfeife erheblich gestört.

Erst als der wilde Mann mit einem Glas heißer Milch gestillt war und das dienstbare Kamel seine Journal-Ecke wieder eingenommen, trat der Status quo ein. Dieses Verhältnis nahm mit der Zeit einen ganz friedlichen Charakter an. Es war, als hätten wir ein stilles Abkommen getroffen, einander rücksichtsvoll zu ignorieren.

Der Ofen begann wie in einer Anwandlung von Mitleid geheimnisvoll zu knistern. In tiefes Sinnen versunken, rührten wir uns nicht. Nur wenn der Kellner seine Beinstellung wechselte, hoben sich für einen Moment drei müde Häupter. Dann war alles tot.

An was denkt man in solcher Situation wohl? – –

Das wird immer individuell sein. Ich zum Beispiel dachte – – ach nein, das ist ganz gleichgültig.

Jedenfalls wurde die Ruhe plötzlich unterbrochen. Es war die seltsame Melodie eines mir unbekannten Liedes, halblaut durch die

Zähne gesummt. Ich warf dem Jäger einen vorwurfsvollen Blick zu und beobachtete dann, wie der Baron sich verhielt.

Er hatte gleich mir den Kopf erhoben und außerdem eine Zeitung ergriffen, aber ich bemerkte, daß er hinterderselben neugierig den Jäger fixierte. Gleich darauf legte er das Blatt beiseite, leerte sein Glas mit einem nervösen Schluck, trommelte mit den Fingern auf das Tischtuch und stimmte leise pfeifend in das Lied, dasselbe Lied ein.

Nun sah auch der wilde Mann auf und schwieg. Der Baron schwieg gleichfalls. Es kam mir vor, als sei ein kleines Vorpostengefecht beendet.

Plötzlich erhob sich der Burgunderherr, trat mit ungezwungen vornehmer Haltung an den Jäger heran und sagte: »Mein Herr, erlauben Sie mir die Frage: Waren Sie je am Ohio?«

»Ja«, erwiderte der andere erstaunt.

»Und Sie kennen die wilde Miß vom Ohio?«

»The wild Miß? – – « Etwas wie ein wehmütig-glückliches Lächeln fuhr über das harte Jägergesicht. Er hielt dem Frager seine kräftige Rechte hin, und dann gab's einen Handschlag, den ich im Leben nicht wieder vergessen werde. Und nun rückten die beiden zusammen, und der Kellner wurde aus seinem Presseschlummer gejagt, um Sekt und Zigarren zu bringen, und dann begannen die beiden zu fragen und zu erzählen, und dazwischen stießen sie so feurig die Gläser zusammen, daß der Kellner jedesmal zusammenfuhr.

Ich verstand kein Wort weiter von dem, was da besprochen wurde, aber ich glaubte den Inhalt zu erraten, und das Herz ward mir dabei weit, als sei ich berauscht.

Es mußte eine köstlich interessante Erzählung sein – aus dem Leben dieser Männer, und das Lied, woran sich beide erkannt hatten, sowie die wilde Miß vom Ohio mußten irgendeine romantische Rolle darin spielen.Leidenschaftliche, gefährlich-schöne, vielleicht teilweise sehr traurige Erlebnisse.

Ich sah ein einsames Licht aus dem nachtdunklen Ufergebüsch des Ohio blinken. Die wilde Miß stand vor mir, eine herrliche, heißblütige Kreolin mit tief schwarzen, verführerischen Augen, und ich wob einen spannenden und ergreifenden Roman um sie. – –

Die Augen der Erzähler leuchteten begeistert, ihr Sekt schäumte und der Zigarrenrauch umlagerte sie, wie Nebelwolken, den kühlen, schwarzen Fluten des Ohio entstiegen. Ich aber saß einsam in meiner Ecke und spürte eine so gewaltige Sehnsucht danach, auch Anteil an diesen bewegten Erinnerungen zu haben und hinzugehen, um zu sagen: Meine Herren, auch ich kenne das Lied, den Ohio und die wilde Miß. Darf ich mich zu euch setzen? – –

Glückliche, beneidenswerte Weltmenschen! –

Noch nie hatte ich ein Alleinsein so bitter empfunden wie in dieser Stunde. Ich faßte den Entschluß, mir auch ohne Belege als Zuhörer einen Platz bei den beiden zu erbitten.

Da pfiff etwas. Ein Zischen – ein Rollen – – der Zuglief ein. – –

Ich habe weder den Jäger noch den Baron wiedergesehen. Die Geschichte der wilden Miß vom Ohio habe ich nie erfahren, aber wenn ich mich ihres Titels erinnere, habe ich eine häßliche, drückende Empfindung.

Es ist das Gefühl des Unbefriedigtseins. Etwa wie wenn man während einer spannenden Lektüre nach der weggelegten Zigarre greift und plötzlich merkt, daß diese auf unerklärliche Weise abhanden gekommen – – Nein, es ist ein ganz anderes, viel tieferes, trüberes Gefühl.

# Durch das Schlüsselloch eines Lebens

Aber als das Fest müde geworden, als jene schalen Späße auftauchten, welche die Lustigkeit bis zur ärmlichsten Dünne in die Länge ziehen, als das Gelächter schon im Lallen oder Gähnen verklang und in der Dunkelheit stiller Nebenräume menschliche Atemzüge vernehmlich auf- und niederstiegen, da bestellte sich Berthold einen Wagen und entfernte sich heimlich.

Indem er draußen dem kalten Winterwind aufgerichtet und mit weitgeöffnetem Mantel entgegentrat, kam er sich wie ein kühner Feldherr vor, nicht nur, weil ihn der Kutscher des Mietwagens entsprechend behandelte.

Der Dank eines durch Trinkgeld gerührten Dieners klang ihm nach. Der Schlag klappte beängstigend laut zu. Er vernahm ein Schnalzen, Getrappel, Gerassel und sagte mit fröhlichem Pathos: »Ich rolle.« Seinen Körper möglichst über vier Sitze verteilend, wandte er sich noch einmal nach den erleuchteten Fenstern der Villa zurück und ließ seinen Stolz in der Erinnerung baden, daß er in Gesellschaft reicher oder berühmter Leute vornehm gespeist und getrunken hatte.

Über den dick verschneiten Straßen dämmerte es bereits, und da Berthold Arbeiter, Bäcker und Milchweiber ihren frühen Geschäften nachgehen sah, ward seine gute Laune durch ein Gefühl von Beschämung gedämpft.

Irgendwo im Weichbild der Stadt ließ er halten und bezahlte den Kutscher. Die Folgegeister eines feurigen Burgunders hielten ihn wach und schürten die Lust zu der unvernünftigen Idee, mit Ballschuhen und Zylinderhut einen Morgenspaziergang über Land zu unternehmen.

Hinter den letzten Häusern sah Berthold eine weiße Wüste von Schnee vor sich und darüber einen wohltuend ruhigen, lichtgrauen Himmel. Die frische Luft klärte seinen Blick. Der noch jugendliche Mann sandte einen recht selbstbewußten Gedanken kondolierend nach dem heißen, verrauchten Saal zurück, den er als einer der ersten verlassen. Er war entschlossen, sich um einen Schlaf zu betrügen und seine kühne Stimmung in irgendein der Gelegenheit anzupassendes Erlebnis umzuschmelzen, wie man in der Neujahrsnacht heißes Blei ins Wasser gießt, um zu sehen, was daraus wird.

Die gleichmäßige Schneedecke verbarg Wege und Gräben, und nur die Krümmungen der Landstraße waren durch zwei Baumreihen mit gleichsam märchenhaft verzuckertem Gezweig gekennzeichnet. Aber Berthold stapfte quer über das verschneite Ackerland, oft tief versinkend. Wie ein schwarzes Boot durch ein weißes Meer ging er durch den weiten, weichen, blendend reinen, unberührten, jungfräulichen Schnee und genoß die Lust, ihn als erster zu durchwühlen. In dieser Lust lag etwas von der Freude des Vandalen oder von dem Vergnügen, das man empfindet, wenn man die gespreizte Hand in einen Sack voll Hafer versenkt. Und doch war ihm jemandzuvorgekommen, denn er stieß bald auf die Fußstapfen eines Menschen, der, ebenfalls Straßen verschmähend, die Felder durchquert hatte. Es waren zierliche Spuren in geringen Abständen, also wohl von einer Dame herrührend.

Ein Vogel schwang sich auf, als Berthold niederkniete, die Abdrücke zu untersuchen. »Guten Morgen, Rabe«, rief er, »ich bin Lederstrumpf – nein, besser Sherlock Holmes. Wenn ich das Weib, das hier gegangen ist, erwische, dann kommst du vielleicht noch zu einem zarten Galgenfrühstück. Haha! Warte einmal – eins, zwei, drei,vier – – einundzwanzig Nägel hat sie im Absatz, jawohl!«

Der einsame Sprecher erhob sich lachend und schritt beschleunigt den Fußstapfen nach; er wünschte zu erfahren, wohin die Stiefelchen zu so früher Stunde gewandert waren.

Etwas später hob er ein blauseidenes Taschentuch auf, in welches er einen kleinen, unscheinbaren Notizkalender eingewickelt fand. Auf der Umschlagseite, mit Tinte mehr . gemalt als geschrieben, stand: Lygia Valtin, Gruseliusstraße 3/IV. Die inneren Buchseiten enthielten unter fortlaufenden Daten Bleistiftnotizen. Mühsam entzifferte er:

Graf Naschauer – Perlgürtel – Puderdose Bahnhof – Eisbahn – Putzi schreiben – Schutzmann Klimmer – Kneifer – vier Uhr Kaiserplatz Kleiner Schwarzer – Rezept Hirschpastete – ein Neger mit Gazelle zagt im Regen nie – Baron von Biegemann, Frankfurt am Main, Taunusstraße 7 – zwei Meter Moiréeband – Wäsche ... und ähnliche Notizen.

Es geschah an einem Januar-Freitag, da Berthold das las, und für diesen Tag fand er in dem Kalender die Bemerkung: »Mutters Todestag«, »Kleiner Schwarzer zwölf Uhr Mittag«. Das war der Inhalt des Büchleins. Der junge Herr stieß einen Pfiff aus; das gesuchte Abenteuer begann. Weitereilend, gewahrte er bald, daß die Fährte, der er folgte, einem kleinen, abseits gelegenen Dorffriedhof zustrebte. Eine seltsame Rührung erfaßte ihn vorübergehend. Das Bild, das er sich nach den Stiefelabdrücken, dem stark duftenden Tuch und jenen Notizen in Gedanken von Lygia Valtin angefertigt hatte, bekam eine andere Gestaltung durch die Begriffe »Mutters Todestag« und »Feldfriedhof«. Die Achtung, die er vor der Unbekannten empfand, bewog ihn, ihre Verfolgung aufzugeben. Aber sein Interesse für die Dame war gestiegen, zumal er an dem Fund zu erkennen glaubte, daß sie hübsch, jung, gewiß auch reich an Beziehungen sei. Deshalb wollte er sie in ihrer Wohnung aufsuchen; bot doch das Tuch genügend Anlaß.

Während er die Strecke über die Felder im Zurück weit schneller als im Hin durchwatete, sann er auf eine originelle Anrede, sich bei Lygia einzuführen. – Er konnte beispielsweise beginnen: Gnädigste, ich heiße Berthold Sievers und komme, um Ihnen mitzuteilen, daß Sie einundzwanzig Nägel im linken Absatz tragen. – Dann vermochte er ihr verwirrtes Erstaunen noch höher zu schrauben, indem er etwa hinzulog: Außerdem läßt Ihnen Baron von Biegemann durch mich beste Empfehlungen und die Bekanntgabe zugehen, daß er sich mit der chinesischen Prinzessin Hink Puckling verlobt und gleichzeitig eine Hutkrempenfabrik in der Taunusstraße eröffnet hat.

Das mußte eine amüsante Unterhaltung zeugen, und Berthold nahm sich vor, erst dann mit Aufklärung, Taschentuch und Notizbuch herauszurücken, wenn der Grundstein zu etwas Galantem oder Zartem oder Intimem gelegt sein würde. Und ein Mädchen, das am frühen Wintermorgen aufstand, um das entfernte Grab ihrer Mutter zu besuchen, war doch nicht anders als gemütvoll und liebenswert zu denken.

Als Herr Sievers die innere Stadt erreichte, war es heller Vormittag geworden, ein lebendiger, fröhlicher Vormittag. Die Stimmen des Orchesters »Verkehr« hatten eingesetzt. Der junge Mann betrat ein Speisehaus mit der Absicht, kräftig und behaglich zu frühstücken.

Die Kirchtürme läuteten Mittag, als er im vierten Stock des dritten Hauses in der Gruseliusstraße klingelte. Eine ältliche Frau öffnete scheu, deren Gestalt an den Kugelaufbau eines Schneemannes erinnerte, eine Frau, deren Gesicht und Kleidung dabei etwas so Trübseliges, Verwaschenes und Ungewaschenes hatten, daß der närrische Gedanke durch Bertholds Gehirn zuckte: so ungefähr müßte man sich die Mutter des schlechten Wetters vorstellen. Er konnte ein Lächeln nicht unterdrücken, er wollte es auch gar nicht, da seine Laune voll Lustigkeit und Selbstzufriedenheit war. Überdies hatten sich die Überreste einer Mahlzeit, ein paar Makkaroni, auf unerklärliche Weise in das struppige Haar der Dame verwickelt, und das wirkte durchaus erheiternd.

Herr Sievers erhielt auf seine ausgesucht höfliche Frage nach Lygia Valtin die Antwort: Das Fräulein wäre ausgegangen, aber er sollte nur warten. Das wurde ihm etwas geheimnisvoll und nicht eben freundlich mitgeteilt, doch er nickte einverstanden. Darauf schob ihn die Frau, seine Ellbogen von hinten ergreifend, wie einen Kinderwagen durch einen nachtdunklen Korridor. In dem unbehaglichen Gedanken an Schrankecken oder Stufen wollte er Tastbewegungen machen, aber da wurde er auch schon in ein helles Zimmer gestoßen. Die Tür fiel hinter ihm zu. Er hörte, wie die Makkaronidame sich draußen auf Filzschuhen schlürfend entfernte.

Berthold hängte lächelnd Mantel und Hut an einen Kleiderständer zwischen eine blauseidene Matinée und eine Gitarre, dann nahm er auf einem vergoldeten Rokokostuhl Platz. Der Raum, in dem er sich befand, sah gutmütig aus. Er war durch einen Herdofen mollig gewärmt, und – das bemerkte Herr Sievers sofort – er war kein Zimmer von irgend jemandem, er war eine ganze Welt für sich – für Lygia Valtin natürlich. Es standen dort moderne und alte Möbel, Tisch, Stühle, Bett, Kleiderschrank, Bücherregal, ferner ein Diwan, auf dem eine flachsblonde Puppe mit offenen Augen schlief, ein Reisekorb, auf dem gebrauchtes Kochgeschirr unordentlich durcheinanderlag – auch der Schatten unterm Bett war indiskret. An den Wänden hingen zwei Revolver, ein Florett, ein Bademantel und viele Bilder. Berthold betrachtete: Gruppenphotographien junger Leute beiderlei Geschlechts, teils im Freien, teils in Zimmern aufgenommen, die ebenso bunt verstellt waren wie Fräulein Valtins Behausung. Diese Bilder lebten auf einmal. Aus ihren Rahmen sprangen Studenten, Offiziere, Kaufleute und Damen in ärmlichen oder besseren, aber immer auffallenden Kleidern, tanzten wie trunken, lachten schmetternd und redeten komischen Blödsinn, und eine Dame, die mehrfach vertreten war, mußte Lygia sein.

»Leidenschaftlich, rassig, beinahe spanisch«, dachte Berthold, und gleichzeitig hing die Gesellschaft wieder in toter Bilderform an der Wand, »phantastisch, aber geschmackvoll, mittelgroß, ebenmäßig, schlank, dunkelhaarig – etwa 25 Jahre alt. Sieht sich gerne abgebildet.« – Er fand sie in grande toilette ernst und würdig an eine marmorne Brüstung gelehnt, als strampelnder Pierrot, von zwei Türken getragen und auf dem Fahrrad, fesch, kühn, mit der weltverachtenden Miene der Berufsfahrer. Sie lag träumerisch hingegossen, seitlich auf dem Diwan, die rechte Hand in das langseidige Fell eines Hundes gewühlt, der sich schlangenartig an ihrem Busen zusammengerollt hatte. Sie stand nackt, mit erhobenem Schläger, mit stolz und streng zusammengezogenen Brauen wie eine rächende Göttin vor ihrem Schrankspiegel, der hinterrücks ihre göttlichen Rundungen verriet. An einem Necessaire auf der Waschkommode, zwischen einem Verschönerungsverein von Kämmen, Bürsten, Scheren, Feilen, Parfümflaschen, Augenstiften und Schminkschachteln, lehnte ein Kopf von Lygia, in greller Beleuchtung gezeichnet, ein Kopf mit wild verzerrten Augen und wirrem, aufgelöstem Haar. Der wie zum Schrei geöffnete Mund entblößte eine Reihe makelloser Zähne. Unter dem Bild stand »Dementia«.

»Sie kann schauspielern, sie hat Raffinement«, sagte der junge Mann laut vor sich hin. Seine Worte kamen nicht so gleichgültig heraus, wie er sie auszusprechen sich unwillkürlich bemühte. »Und das ist ihre Mutter«, fuhr er noch lauter, ja fast mit einem freudigen Schrei fort, indem er sich dicht an das vergilbte Porträt einer alten Frau beugte. Ein Kranz noch feuchtfrischer Tannenzweige war über das Bild gehängt. Berthold sah nach der Uhr. Es war so ganz still in dem Zimmer. Nur ein Kanarienvogel schrie unaufhörlich pie-eps, pie-eps. Sein Käfig stand zwischen grotesken Kakteen und kleinen, aber gut gepflegten Palmen auf dem einzigen Fenstersims. Man hatte ihm einen Berg von Futterkörnern aufgeschüttet, der für einen

Monat ausreichen konnte, doch das Trinkgefäß des Vogels war leer. Die Erde in den Gewächstöpfen war hart und trocken. Berthold überzeugte sich davon, während er lange vor dem Fenster oder, wie er es taufte, vor Lygias »Garten« auf und ab schritt. »Warum kommt sie nicht!« redete er den Vogel an, und als dieser keine menschliche Antwort gab, nannte er ihn ein dummes Tier, das nichts verstände, als pie-eps zu schreien und blanke Kupferstäbe zu beschmutzen. Dann wollte er wieder auf dem Stuhl Platz nehmen, aber dieses Möbel hinkte, darum vertiefte er sich lieber in einen bequemen Klubsessel und begann seine Begrüßungsrede mit Betonung der einundzwanzig Nägel zu memorieren. Er sah wieder nach der Uhr, erhob sich wieder, ging wieder geraume Zeit auf und ab.

Lygias Bett war aufgedeckt. Wie sauber es glänzte! Berthold erinnerte sich an den Schnee. Zu Fußende war ein Spiegel und darüber ein Kruzifix angebracht, hinter dem eine Hundepeitsche steckte. Auf den mit Stickereien durchbrochenen, luftig aufgebauschten Kissen lag ein Stoß weicher Spitzenhosen. Herr Sievers hielt kurz den Atem an, verdrehte die Augen, tauchte für einen Moment das Gesicht in die Wäsche, und obgleich er sich allein wußte, trat er doch darauf schnell und verlegen zurück. – Pie-eps, pie-eps, klang es vom Fenster her. Er ging auf und ab, trat ans Bücherregal und fing an, die Bände der Reihe nach herauszuziehen: Pakete, die ihn nicht erreichten, von Jakobus Schnellpfeffer, Rabelais, Gontscharows »Oblomow«, Goethes Gedichte, Ursache und Behandlung der Maul- und Klauenseuche, Die Kindsmörderin –

»Wem gehören diese Bücher?« fragte er sich. »Es ist doch viel Gutes darunter, und der Kupferstich über dem Regal ist vorzüglich.«

Er lächelte, gähnte rücksichtslos und freute sich über die Unbefangenheit, mit der er Lygias Zimmer untersuchte. Trotzdem erkaltete sein Behagen an einem gewissen Gefühl des Fremdseins, ohne daß er sich dessen bewußt ward, und wie es ihm nicht gelang, die beobachteten Einzelheiten zu einem ganzen Gebäude zusammenzufügen, so fand er auch keinen Übergang von Lygias Häuslichkeit zu seiner eigenen.

Pie-eps, pie-eps, klang es durch die Stille.

Es war spät geworden. Er sah es an der vorgerückten Dämmerung, deren Schatten das Zimmer merkwürdig entstellten. Er entzündete eine schlecht geputzte Stehlampe – mit der rotglasigen Ampel überm Bett verstand er nicht umzugehen. In spielerischen Schritten, den Kopfauf die Brust geneigt, umkreiste er mehrmals den Tisch. Später setzte er sich an den Schreibtisch, zog Schubfächer heraus und – er wußte, daß es unrecht war – begann Briefe durchzulesen.

Es waren viele, aber er las sie alle, bedächtig, langsam, mit zunehmender Spannung. Währenddem wurde sein Gesicht von einem Ausdruck des Ernstes und von einer edlen Ruhe verschönt.

Um ihn herum war alles still, auch der Vogel am Fenster schwieg jetzt. Herr Sievers saß lange Zeit vor den Briefen. Seine Gedanken errichteten Stufe für Stufe die Treppe, auf welcher Lygia Valtin geschritten – abwärts geschritten war. Er stellte sie sich vor, wie sie zaghaft ans Geländer geklammert, hinabgeschlichen, wie sie, als dieses aufgehört hatte, gestolpert, gefallen war, sich aufgerichtet hatte, wieder vorsichtig, dann leichtsinniger über die kalten Stufen gelaufen, zuletzt getanzt war und nun im Schwung nicht mehr einzuhalten vermochte.

»Wie verwunderlich ist das Leben«, sagte er, als ob er etwas ganz Neues aussprüche, und fügte hinzu:»Wo bleibt sie nur? Und ob mich denn die Wirtin ganz vergessen hat?«

Indes mahnte ihn plötzliche Müdigkeit an eine Nachtwache. Ihn wandelte das Verlangen an, sich auf Lygias Diwan auszustrecken und einzuschlummern wie ein Märchenprinz in fremdem Garten, ohne zu wissen, wie er erwachen, wer ihn wecken würde. Wunderschön mußte es doch sein, jetzt sanft, allmählich jede Klarheit verlieren, hinüberzugehen in die Träume, willenlos dem Gedanken ergeben, daß er sich Unbekannten überlasse, daß Unbekannte ihn, den Unbekannten, finden würden. Und als er sich wirklich ganz leise, behutsam, aber doch bequem neben der flachsblonden Puppe niederließ, auf dem Diwan, der gewiß schon oft das Rauschen von Seide, das Stammeln der Leidenschaft und die herben Seufzer der Einsamkeit vernommen hatte, da ging eine leise Traurigkeit über ihn.

So lag er und sann über Lygia nach. Was würde sie wohl sagen und mit welchen Bewegungen, welcher Stimme? Ob sie wohl sehr spät käme? Aber er hatte sechs Stunden gewartet, er konnte auch sieben Stunden warten. »Vielleicht kommt sie nicht allein«, überlegte er, »und sie ist kühl, verwundert, dankt trocken, und ihr Begleiter lacht. Vielleicht kommt sie doch allein, die schlanke Frau, von der ich so viel weiß. Sie kann auch böse sein oder mit der Zunge anstoßen oder, ohne über meinen Besuch zu erstaunen, sich auf meine Knie setzen.«

Ihm fiel jenes Sprichwort ein, das mit einfältigen Worten eine hübsche Weisheit faßt: Wenn's am besten schmeckt, soll man aufhören.

Herr Sievers erhob sich hastig. Er schlüpfte in seinen Mantel, setzte den Hut auf, knüpfte das gefundene Notizbuch wieder in das Seidentuch und warf es nahe dem Kleiderständer auf den Boden. Er tat das mit einer wachsenden inneren Aufregung. Dann verließ er das Zimmer. Jedoch im Rahmen der geöffneten Tür kehrte er nochmals um, ergriff einen Meißener Waschkrug und goß mit zitternder Hand Wasser in die Gewächstöpfe und in den Trinknapf des Kanarienvogels. Nun schlich er davon und erreichte die Straße, ohne jemandem begegnet zu sein.

Und obwohl er müde, hungrig und ungewaschen heimkehrte, erfüllte ihn doch ein geheimnisvolles Behagen, wie es ein guter Mensch empfindet, der durchs Schlüsselloch etwas Ungeniertes beobachtet hat, wie etwa ein Vater, der seinen Kindern so zugesehen hat.

Ja, auch er, Berthold, hatte durch ein Schlüsselloch, durch das Schlüsselloch eines Lebens geschaut, und da er daran dachte, daß es Millionen solcher Leben gab, von denen jedes wieder seine eigene Gestaltung besaß, war es nicht nur Behagen, was ihn erfüllte, war es ein tiefes Ergriffensein vor der Unermeßlichkeit der Menschheit.

# Der tätowierte Apion

Nachlässig schwenkt sie die Waffen der Reinlichkeit, Besen, Schaufel, Staubtuch. In der Schürzentasche, die wie ein Känguruhbeutel überm Magen klafft, trägt sie die Morgenpost für den gnädigen Herrn, und so betritt sie, feindselig, dessen Arbeitszimmer. Diesen scheußlichen, unangenehmen, ungemütlichen Raum, wo man nicht zwei Walzerschritte versuchen kann, ohne eine Vase, ein Bild oder solch einen dämlichen Gott zu Scherben zu bringen; Götter, die nur aus Gips und Stein bestehen, zum Teil keine Arme oder Beine mehr haben und die der Professor doch mit kindischer Zärtlichkeit verehrt, während er für die Menschen kein freundliches Wort erübrigt; Bilder – und Schweinereibilder darunter –, welche die schöne Plüschtapete völlig verbergen; Tonfiguren, mit Staub und Spinnweb überzogen, Bücher, Zeitungen, Papiere überall verstreut und so dicht gehäuft, daß man von den Möbeln nichts erkennt, auf denen sie ruhen. Und man soll sie abstauben und darf sie doch nicht berühren.»Er hat wieder die Nacht durchstudiert«, bemerkt Agnes zu dem leeren Glasbassin einer kunstvollen Renaissancelampe, und sie breitet die Morgenpost wohlberechnet auf der aktuellen Stelle des Schreibtisches aus, wo immer das Neueste lagert, nicht ohne die angekommenen Karten vorher nochmals neugierig zu untersuchen.

Es ist eine darunter von der gnädigen Frau aus dem Seebad. Sie scheint sich vortrefflich zu amüsieren; wer mag es ihr verdenken.

Auf dem Schreibtisch fällt diesmal ein schwarzpolierter Kasten als noch unbekannt auf, außerdem eine Broschüre, überschrieben: An- tikes- Leben- aus- grie- chi- schen- Pap-y ri. Weiter quält sich das Mädchen nicht, wendet sich vielmehr ab, wie von etwas Unappetitlichem überrascht. Aber daneben schreit eine Bücherrechnung; die versteht sie.

800 Mark! Achthundert Mark wirft er für so was fort, und den neuen Zylinderputzer hat er neulich abgelehnt. Sie, Agnes, muß seit Jahren jeden Pfennig ängstlich hüten, um nur den Violinunterricht für ihren Sohn bestreiten zu können, und er, der Professor –. Aber er genießt seinen Reichtum nicht. Wenn sie nur einen kleinen Teil seines Vermögens besäße, wie wüßte sie ihn fröhlich und sattsam

auszukosten; und obendrein würde dann gewiß der Mann sie heiraten, der ihr das Kind gemacht hat. Das liebe Kind! Der brave, herzige Junge; er wird auch ohne das seine Straße finden, denn er ist klug. O ist er klug, und schmuck und gradaus, so daß alle ihn gern haben. Er wird erst seine drei Jahre Soldat sein und nachher weiter Musik studieren. Er wird ein berühmter Mann werden, so Gott will, noch berühmter als der Professor, ein »Geigenvirtuose«.

Unter solchen zuversichtlichen Erwägungen hantiert Fräulein Mutter Agnes aus sicherlich reizvollen Tiefen ihrer Bluse einen Brief und ein schmales Porträt hervor, um beides mit Muße innig zu betrachten, das Bild sogar wiederholt zu küssen.

Wie gesteigerte Rührung sie zwingt, mit dem Nächstbesten, das heißt: mit dem Staubtuch, die Augen zu trocknen – schon daraus ergibt sich, daß der Brief ihr weit mehr bedeutet als etwa einem fremden Dritten, welcher von ihm nur ablesen würde:

»Liebe          gute          Mutter.
Herzliche Grüße von Bord S. S. Carola, wo wir gestern eingeschifft sind. Ich schicke Dir meine Photographie. Grüße Herrn Werk und alle Bekannte von mir. Es geht mir sehr gut. Alle sind gut zu mir, und mein Violinspiel kommt mir hier sehr zu statten. Gestern haben Paul und ich uns Glaube-Liebe-Hoffnung (ein Kreuz, ein Herz und ein Anker) in den Oberarm einstechen lassen. Das vergeht nie mehr. In der Hoffnung, daß Du gesund bist und mir bald schreibst, küßt Dich
Dein Oswald.«

Im Studierzimmer des Professors, wo das Dienstmädchen auf derartig pflichtvergessene und gemütvolle Weise ihr Reinigungsamt einleitet, geschieht plötzlich etwas, wenn auch nicht Wunderbares, so doch erschreckend Ungewöhnliches. Nämlich: zum gleichen Moment, da vom Gartensaal die zorngehobene Stimme des Hausherrn herüberschwillt, nach der im Hause nur allzu gewohnten Melodie: Gegen Dummheit kämpfen Götter selbst vergebens – zur selben Zeit löst sich in einer schlecht belichteten Ecke ganz von selber eine kleine eingerahmte Silhouette von der Wand und klirrt zu Boden.

Es vergeht geraume Weile, bis die Dienerin das Ereignis begreift. »Das ganze Haus zittert, wenn er den Mund öffnet«, murrt sie, »da haben wir die Bescherung: Scherben. Scherben am Morgen bringt Kummer und Sorgen. – Lieber Gott, das war sein einziger Sohn«, fügt sie, das Bildnis erkennend, in weichem Tone hinzu, »der hängt hier im dunkelsten Winkel. Über das alberne gelehrte Zeug haben sie ihn ganz vergessen – und ist doch kaum vier Jahre her, daß er ertrank.«

Sie entfernt Splitter und Rahmen von der Pappe, und indem sie diese mitten auf den aktuellen Schreibtischplatz ans Tintenfaß stellt, folgt sie – wer weiß – einer sehr hübschen Idee. – Wieder ein Geräusch. Die Uhr neben dem großen Gipsmann, der wie der Papst aussieht, schlägt, die alte Standuhr (der Professor nennt sie schlechtweg nur »die Zeit«) mit den vielen Männchen und Türmchen und anderen Geschichtchen drum und dran. Es klingt heute so häßlich mahnend.

Besen, Schaufel, Wischtuch erwachen, huschen, kratzen, scharren, schieben. Agnes räumt auf. Sie klappert und rückt, sie reckt sich und bückt sich, und ungeachtet sie sich nach Manier der Stubenmädchen häufig unterbricht, um den Spiegel zu befragen oder ein Buch näher zu beäugeln (worin sie dann auf enttäuschende Titel stößt), drückt sich zuletzt doch in ihrer Miene die Genugtuung aus, das Erforderliche zur rechten Zeit beendet zu haben. Im Frohsinn darob und in einer Art gutmütiger Verachtung kann sie es nicht versagen, bevor sie die Stube verläßt, noch dem alten Gipsmann mit dem Besen ins Gesicht zu stipsen, so daß ein Büschel schmutziger Teppichfasern an der weißen Nase hängenbleibt. Und als die Tür zuschlägt, lächelt der alte Gipsmann – es ist eine Voltairestatue –, lächelt mit seitwärts geneigtem Haupte, wie er zuvor gelächelt hat und wie er weiter lächeln wird, nach Houdons Willen, gedankenschwer, altersmild, überlegen – ein wenig spöttisch – ein wenig falsch. – –

Irgendwie erinnert der Professor an einen Marabu, als er bald darauf nachdenklich dasselbe Zimmer betritt. Dieses geistvolle, interessante Zimmer, wo tausend Gegenstände das Herz anregen, deren jeder an Kunst und Wissenschaft appelliert, von Weisheit, Schönheit und achtunggebietendem Fleiße predigt. Der kleine bejahrte Herr mit der von spärlichem, aber langem Weißhaar umpluderten Glatze weiß genau, welchen gelehrten, würdevollen Eindruck seine Stube gewährt, obschon er sie nie als Ganzes überschaut, vielmehr nur einzelne Stellen ins Auge faßt, wenn er beim Durchgehen die meist abwärts gerichteten Blicke einmal aufhebt. Aber in solchen knappen Momenten ist es, als sähen da zwanzig Augen und dächten zwanzig Köpfe dahinter.

Dort fehlt ein Band Niebuhr, entdeckt sein linkes Auge am Regal, während das rechte die Teppichfasern an Voltaires Nase gewahr wird. Schon ist die rechte Hand bestrebt, dieses Übel zu beseitigen. Dabei betastet die Linke eine auf dem Rauchtisch befindliche Silberschale, eine Kopie von jener aus dem Hildesheimer Fund, und laut sagt der Professor:»Nein, das kann unmöglich ein Steuer sein, was die Minerva in der Hand hält.«

Er schleppt verschiedene Folianten zum Schreibtisch und läßt sich dort umständlich bequem auf einem geschnitzten Stuhl nieder, mauert sich, sozusagen, dort ein,als ob er für viele Stunden nicht wieder weichen wolle, was auch wirklich seine Absicht ist. Darauf nimmt er gewohnterweise und mit sichtlichem Genuß von Wichtigkeit die eingetroffenen Briefschaften vor. Zunächst ein unverschlossenes Schreiben nebst der Photographie eines Matrosen. Nanu? – Er überfliegt beides mißmutig.

Solchen dummen Schnickschnack hat sie im Hirn und vernachlässigt ihren Dienst. O diese Barbaren, diese Kalmücken! Nichts wie Dummheiten im Schädel, kein Gefühl für Freude an Tätigkeit haben sie, nur den ordinären, animalischen Trieb, Unbequemes zu fliehen oder so bald als möglich loszuwerden. Sie vegetieren, ohne Geist, ohne Verstand, ohne Höhe und Tiefe, ohne Ernst. Nur fressen, saufen und –. Der Gelehrte klingelt dringlich mit einer Glocke, deren sich – ihm fällt das jetzt sogar ein – vormals Franz Schubert bedient hat.

Eine Karte von seiner Frau. Sie grüßt ihn und erteilt einige Aufträge; er wird alles sogleich gewissenhaft erledigen und beantworten. Ihn interessiert, was sie im Auftrage Dr. Tiezes berichtet. Tiezefreund erkundigt sich, ob Knobelsdorff etwas über Architektur publiziert habe.

Keineswegs hat er das – aber man muß immerhin nachschlagen. Erneutes Klingeln schafft Agnes herbei.

Der Professor redet, ohne aufzusehen, ziemlich hastig, unsicher und undeutlich, und er beugt sich derweilen eifrig über einen assyrischen Dolch:

Ihre Nachlässigkeit gereiche zur Kulmination. Ob sie bezüglich Voltaires nicht gefälligst etwas mehr attendieren wolle?

Sie weiß nicht, was Voltaire ist.

Heiliger Himmel! Diese Person! Sie hat nichts von Voltaire gehört! »Dort! – Der da!«

Was der Generalkontrolleur auf dem Schreibtisch zu tun habe? Das Stubenmädchen kapiert die Frage nicht, aber, wahrhaftig, kein anderer würde sie in diesem Falle kapieren, denn sie ist durch Zerstreutheit völlig entstellt.

Was hat die Silhouette auf dem Schreibtisch zu tun? wollte der Professor fragen, aber da er sich nach seiner Gewohnheit, fortwährend zu ernieren und zu etymologisieren, auf dem Wege vom Gedanken zum Wort noch mit dem französischen Generalkontrolleur Etienne de Silhouette aufgehalten hat, geschah es, daß besagte Konfusion herauskam.

Die Dienerin rührt kein Glied.

Und sie möge doch gütigst ihre Privatkorrespondenzen etwas separieren. Das Gesicht streng abgewendet, überreicht ihr der Professor Photographie und Brief des Matrosen, und weil ihr zerknirschtes weinerliches Stillschweigen ihm peinlich wird, fügt er hinzu: »Holen Sie mir aus dem Musikzimmer den Band Knobelsdorff von der großen Enzyklopädie. – – Huch!« schreit er dann auf und stampft mit den Füßen. »Sie kennt keine Enzyklopädie. Gehen Sie! Sie sind ja ein – eine – huch!«

Verzweifelt mit der Zunge schnalzend, eilt der alte Herr selbst ins Musikzimmer. Ein Griff, und er hat das Gewünschte und kehrt zurück, mauert sich wieder am Schreibtisch ein und arbeitet.

Er liest und kritzelt, er hüstelt und blättert. Vom Park her wächst Sonnenglanz herauf, dringt das Gurren der wilden Tauben; und zwei spielende Falter wirbeln gegen das Fensterglas. Er spürt nichts davon. Nur einmal, mit der Äußerung: »Die Zeit ist wieder nicht aufgezogen«, erhebt er sich verdrossen, um die Uhr zu regulieren, vertieft sich aber gleich wieder am bisherigen Platz in die Lektüre eines Aufsatzes, den er tags zuvor begonnen hat.

Nach den Bewegungen von Haupt und Mund zu schließen, liest er durchweg rasch; auch spricht er dazwischen Worte oder ganze Sätze laut aus.

»Kaum – zweites Beispiel – wie der schon oft behandelte Brief des Apion an seinen Vater – Papyrusblatt – Berliner Museum – zu seiner Zeit – Ägypten – Provinz des römischen – Misenum am Golf von Neapel kommandiert – folgenden Brief, der im Original auf uns gekommen ist – Handgeld – Serenilla – Schiff Athenonike.«

Hier stutzt der Professor.

Seine Lippen verharren für lange Sekunden so, wie das Wort Athenonike sie verzogen hat, sein Lesen wird starrer; er blättert eine Seite zurück und fängt an, den zuletzt durchgenommenen Abschnitt langsam, deutlich hörbar, mit gerechter Betonung zu repetieren: »Apion seinem Vater und Herrn Epimachos herzlichen Gruß. Vor allem wünsche ich dir Gesundheit und alles Glück bei vollem Wohlbefinden, samt meiner Schwester, ihrer Tochter und meinem Bruder. Ich danke dem Serapis, dem Herrn, daß er mich sogleich errettet hat, als ich auf dem Meer in Gefahr geriet.« (Der Professor schielt flüchtig über den Tisch nach der Silhouette hin.) »Als ich in Misenum ankam, empfing ich vom Kaiser ein Handgeld von drei Goldstücken, und es geht mir gut. Ich bitte dich, mein Herr Vater, schreib mir ein Briefchen, erstens über dein Wohlbefinden, zweitens über das meiner Geschwister, drittens, damit ich deine Hand küssen möge, denn du hast mich gut erzogen, und daraufhin hoffe ich schnell vorwärtszukommen, wenn die Götter wollen.« (Der Lesende spielt sich nervös am Bart.) »Grüße vielmals den Kapiton, meine Geschwister, die Serenilla und meine Freunde. Ich hab dir mein Bildchen durch Euktemon geschickt. Übrigens heiße ich Antonius Maximus. Ich wünsche dir Gesundheit. Schiff Athenonike.« Der Professor schiebt das Heft fort und, was er sonst nie tut, lehnt sich im Stuhl zurück. »Das schreibt Apion vom Golfe von Neapel nach Ägypten«, sagt er leise und nickt versonnen mit dem Kopfe, »vor siebzehnhundert Jahren! – Siebzehnhundert Jahren – hm –, es ist ganz dasselbe; er schickt sein Konterfei, er grüßt und erbittet Grüße, er dankt – ja, ja, es ist ganz dasselbe.« Der Gelehrte spricht jetzt nach dem Fenster zu, nach den Wolken hin. »Hm – Kreuz, Anker, Herz –, sie liebt ihn, ihren Sohn, wie er sie; natürlich liebt sie ihn –«

Lautes Uhrläuten schwingt in des Alten Gedankengang. Es klingt so heiter, so gütig und groß. Ja, diese Eigenschaften, die er da heraushört, ist es nicht, als ob sie jetzt auf seinem Antlitz leuchteten, wie eine Verklärung? Sind nicht alle jene garstigen Fältchen und Schatten darin mit eins verschwunden, welche angewöhntes und anerzogenes Tun und Denken geformt hatten? Scheint nicht der Professor ein Verwandelter zu sein, da er aufspringt und einen ganz ungelehrten Vorsatz mit fast rührender inniger Stimme herausbringt?

»Ich will«, sagt er sich, »ihr hundert Mark schenken; die soll sie ihm senden; das wird ihn freuen. Und ich will«, fährt der wohlhabende Mann fort, »ich will mir das abknapsen, will mir dafür den Lope de Vega verbeißen. – Basta! Ich verzichte auf Dorotea.«

Energisch zieht er ein Schubfach heraus und schickt sich an, eine Banknote zu kuvertieren. Danach klingelt er leicht, später nochmals stärker. Währenddem überlegter in zunehmender Aufregung, wie er das Geschenk möglichst anspruchslos und unauffällig anbringen könne. Jedoch ehe er noch zu einem endgültigen Entschluß gelangt, erscheint das Stubenmädchen auf der Schwelle, wo sie etwas Herkömmliches von »befehlen« und »Herr Professor« abschnurrt und mit verweinten Augen wartet.

Er geht – wie sie ihn meist antrifft – grübelnd, mit kurzen Schritten auf und ab, eine geschweifte Linie im Teppichmuster verfolgend, und in den überm Rücken verschlungenen Händen hält er ein weißes Kuvert.

»Ja, ja, Agnes«, murmelt er wie für sich selbst, »Glaube, Liebe, Hoffnung – – er hat wohl recht – das vergeht nie.«

Das Mädchen hat nicht verstanden. »Wie befehl'n, Herr 'fessor?« fragt sie klanglos.

»Wissen Sie, häm, Agnes«, entgegnet er, zerstreut, stockend, und wünscht eine jäh aufsteigende Verlegenheit hinter nervösen Gesten zu verbergen, »ich möchte dem tätowierten Apion eine kleine – Dedikation machen – häm – Sie –«

Agnes hat recht gehört, aber nicht begriffen. »Wie befehl'n, Herr 'fessor?« bringt sie schüchtern hervor.

Eine beiden fatale Pause folgt.

Huch! Dieses Blähschaf! Was befehl'n, Herr 'fessor, was befehl'n, Herr 'fessor. Hundertmal am Tage fragen sie das. Nichts wissen sie, nichts verstehen sie, rein gar nichts. Diese Hottentotten! Diese niederträchtigen Dummköpfe! Das Vieh ist klüger. – Und warum? Weil sie nichts lernen wollen; weil sie Mühe scheuen; weil sie –

»Es ist gut! Ich brauche Sie nicht!« schreit der Professor die Dienerin an, und als sie halb gekränkt, trotzig, halb beschämt aus dem Zimmer schleicht, mauert er sich verärgert am Schreibtisch ein, verschließt die Banknote und liest bis zum Mittag ununterbrochen in Diltheys »Einbildungskraft des Dichters«.

Und Voltaire, der neben der Zeit steht oder, richtiger ausgedrückt, sitzt, lächelt, gedankenschwer, altersmild, überlegen – ein wenig spöttisch – ein wenig falsch.

# Jemand erzählt von Illineb

Illineb hatte auf meine lange Rede hin mir schnell und kurz geantwortet:»Sie können hier bei täglich einer Mark arbeiten, schlafen und essen.« Alles übrige – ob ich Sachen habe?, dann sollte ich sie holen – bedeutete mir ein alter, mürrischer Italiener, den man Magnus nannte. Er führte mich zu dem geräumigsten der grünen Wagen, stellte mich einer schönen, bösen Dogge als »amico« vor und zeigte mir mein Bett im Hinterraum. Für den Rest des Abends sei ich dienstfrei.

Ich ging. Und kam mit dem Segeltuchköfferchen zurück, darin all mein Besitz Platz hatte, und ich packte aus, kroch fröstelnd zwischen Strohsack und Pferdedecke.

Ich redete mir zu, nun dankbar und glücklich zu sein, weil ich nach langer Hungerzeit eine feste Anstellung gefunden hatte, noch dazu eine, die mit viel Romantik verknüpft war; während der langen Stunden, die ich wach lag, drangen Zirkusmusik, Löwengebrüll und fernes Massenhändeklatschen an mein Ohr. Aber ich fühlte mich unglücklich. Mir bangte vor dem Zusammenleben mit dem unfreundlichen Magnus und dem eisigen Illineb. Es war nicht das erstemal, daß ich eine neue Stellung und einen ganz neuen Beruf angetreten hatte. Ich erinnerte mich nun, wie mich jedesmal das Fremde an der Situation und an den Menschen zunächst traurig und einsam gestimmt hatte. Einräumend nahm ich mir noch vor, mich morgen tapfer und blind anständig meinen Pflichten zu widmen. – Einmal halb erwachend, sah ich den Italiener hereintorkeln und sich entkleiden an einem Bett, das dem meinen gegenüberstand. Und später schreckte ich einmal auf und bemerkte Illineb. Er schloß die Tür hinter sich ab, löschte die Kerzen, die Magnus hatte brennen lassen, und verschwand mit leisen, aber festen Schritten im vorderen Abteil des Wagens.

In aller Frühe von einem blöde grinsenden Nachtwächter geweckt, zog ich mich eiligst an. Magnus gab mir, zunächst von seinem Lager aus, Instruktionen in brummigen, kargen Sätzen. Draußen war ein sonniger Tag.

Ich mußte zwischen den Wagen und Zelten Feuer unter einem sonderbar gestalteten Kessel anlegen, mußte putzen, fegen, holen und fortbringen. Dabei gab ich mir Mühe. Wenn mein Chef, der auch schon von früh an geschäftig herumlief, an mir vorbeikam, gab ich mir doppelte Mühe, denn mir lag an seiner Gunst. Es schien aber, als ignorierte er mich völlig. Allerdings richtete er auch an Magnus und an Matilden nur höchst selten kurze, notwendige Worte, und dann in demselben gefühllosen Ton, mit dem er mich engagiert hatte.

Ich bekam gut und reichlich zu essen. In der Frühstückszeit sah ich mir auch die Löwen in dem Gitterwagen an – unsere Löwen. Es waren ihrer fünf, und ein sechster, sehr magerer, befand sich in einem Einzelkäfig. Diesen Käfig mußten Magnus und ich im Laufe des Tages immer wieder so verrücken, daß die Sonne voll hineinschien.

Als ich in der Mittagspause mich zwischen den Buden und Karussells herumgetrieben und einen Schnaps in einem Keller getrunken hatte, wo die Schausteller und ihre Leute laut vergnügt zusammenkamen, war mir schon ziemlich freier zumut. Ich versuchte während des Nachmittagsdienstes ein Gespräch mit Magnus anzuknüpfen; er ging indessen nicht darauf ein, außerdem war er etwas angetrunken und daraufhin noch mürrischer als zuvor. Um fünf Uhr brachte Matilde jedem von uns einen Topf voller Kaffee und ein großes Butterbrot, »das Brett«, wie Magnus es nannte.

Als ich das, auf der Kokskiste sitzend, mit der Wonne eines pausierenden Arbeitsmannes genoß, stand Illineb gerade vor dem Einzelkäfig. Er sprach leise auf den Löwen ein. »Prinz! Armer alter Prinz!« hörte ich ihn sagen und zu meiner Überraschung mit einer ungemein weichen, gütigen Stimme. Ich trat kauend hinzu und erfreute mich daran, wie er geschickt ein Stück Fleisch mit weißen Kapseln spickte und es dem Löwen furchtlos durch die Stäbe reichte.

Ich wollte ihm etwas Angenehmes sagen. »Ein stattlicher Bursche!« sagte ich, den Löwen betrachtend.

Illineb drehte sich scharf um. Und versetzte mir einen Schlag. Einen Schlag mit der Faust ins Gesicht, daß ich hinfiel. Sekundenlang wußte ich nicht, was ich tun sollte.

Dann erhob ich mich, sammelte schweigend die Topfscherben auf und begab mich an meine Arbeit. In einer fahrbaren Tonne Wasser von der entlegenen Pumpe holen. Aber nun hatte ich einen tiefen, bebenden Haß gegen diesen rohen, ungebildeten Tierbändiger. Dazu schämte ich mich vor Magnus, der Zeuge gewesen war. Obwohl er es nie erwähnte.

Ich brauchte mich nicht von den anderen zurückzuziehen. Es gab dort außerdienstlich keine Kameradschaft. Magnus besoff sich in der Freizeit mit dem Ausrufer der Zwergenschau, die Frauenzimmer, die im Küchenwagen wohnten, zankten sich weit hörbar untereinander, und für den Herrn Dompteur waren wir alle jederzeit Luft oder Maschinenteile.

Gelegentlich rief mich Matilde, die uns das Essen kochte und zutrug, in den Weiberwagen. Ich mußte meine Personalien in einen polizeilichen Fragebogen eintragen. Als ich in die Rubrik »Beruf« zögernd »Student« schrieb, lachte Matilde plump auf, aber sie ward daraufhin vorübergehend gesprächig. Ich hatte aus der Spalte Illineb nur – und auch nur zufällig gelesen, daß er ledig sei. Matilde erzählte mir nun, daß er aus Georgina stammte. Daß sein Vater, auch ein Dompteur, an einem Löwenbiß gestorben und daß seine Großmutter von einem Walfisch gefressen sei. Und Prinz wäre krank. Und der Alte hinge just an diesem Vieh besonders. Und Prinz verstünde die indische Sprache. Ich glaube, ich glaubte damals Matilden alles.

Das blieb aber der einzige Fall, daß eine von den Frauen einmal mit mir plauderte. Bald ward mir das Leben dort ein graues Einerlei. Darin gab es täglich nur eine einzige interessante, allerdings höchst aufregende Viertelstunde. Um zehn Uhr abends, wenn der Deutschmeistermarsch zu uns herüberklang, wurden die Falltüren geöffnet. Zunächst trug Pinguina das Löwenbaby eigenhändig in die Manege. Es war eigentlich schon viel zu groß und zu schwer für die zierliche Person, weshalb Pinguina drinnen immer mit Heiterkeit empfangen wurde. Nun galt es, die großen Tiere durch einen vergitterten Gang vom Wagen ins Zelt zu treiben. Im Gang stand dann mit gewichstem Schnurrbart und gewichsten Stiefeln der schlanke Illineb in einer Husarenuniform und hielt in der Linken einen eisernen Rechen und eine Nilpferdpeitsche und in der Rechten einen Revolver. So ließ er seine gebändigten Tiere der Wüste passieren. Erst kamen die drei Löwinnen. Sie liefen, vom plötzlichen Licht und von der Musik verwirrt, vielleicht auch von gewohnheitsmäßigen Ängsten und Ahnungen eingeschüchtert, nach kurzem Abirren schnell vorbei. Dann näherte sich King, der mächtige, bösartige Löwe. Der schlich ganz langsam – jeder Schritt gezwungen – mit gesenktem Kopf heraus. Und vor Illineb stockte er und blickte höchstes Mißtrauen und brüllte drohend.

Zu dieser Szene versammelten sich jedesmal viele Leute, die den verbotenen Zutritt riskieren konnten; der Koch vom Bierzelt, die Wahrsagerin, der Luftballonmann, sämtliche Damen der Schießbude. Sie stellten sich regelmäßig ein und erwarteten den Kampf. Ich meine: sie alle – oder wir Zuschauer alle – wünschten insgeheim, daß nun etwas Entsetzliches geschehen, und gleichzeitig, daß nichts Trauriges geschehen möchte.

Illineb verlor bei dem Vorgang, der weit spannender war als die Vorstellung im Zirkus, niemals die Ruhe. Wenn King stehenblieb, rief ihm der Chef nichts zu als »Nun?« oder »Nun!«. Doch er konnte es in den verschiedensten Nuancen rufen, aufmunternd, streng, zornig, warnend, ganz langgedehnt –. Und wenn King plötzlich zähnefletschend und stoßweise, heiser aufbrüllend seinen Kopf herumriß, dann hielt Illineb zur Abwehr den Rechen vor und schoß gleichzeitig aus dem Revolver Blitz und Knall ohne Kugel in die funkelnden Augen. Und King blinzelte nicht, aber er brüllte noch feindseliger und schlug mit seiner Pratze mächtige tückische Seitenschläge in die Luft und gegen den Rechen. Illinebs »Nun« schwoll wie ein Sirenenheulen an. Er schlug mit der Nilpferdpeitsche dem Tier kräftig und, wie es schien, rücksichtslos über Schnauze und Augen. Oft kämpften sie lange so. Schließlich, wutschnaubend, wich King dann doch. Aber im Zelteingang blickte er noch einmal zurück nach seinem Meister, und sein Blick trug einen furchtbaren Haß. Wie ich ihn hatte.

Mehr oder weniger dramatisch fand dieses Duell täglich statt. Vielleicht sah es schlimmer aus, als es war. Es schien mir sogar nicht unmöglich, daß das Ganze sozusagen ein gewolltes Scheinmanöver war, um King in Aufregung zu bringen und dem Publikum eine besonders gereizte und gefährliche Bestie vorzuführen. Ich gewöhnte mich mehr und mehr an dieses Schauspiel.

Eines Abends, da ich mir gerade mit dem Feuer am Wasserkessel zu schaffen machte, ließ mich das Kampfgebrüll wieder aufschauen. Und da gewahrte ich, daß King sich zum Sprung duckte, und sah, daß Illineb die Hände nach uns Zuschauenden streckte, sah, daß er weder Rechen noch Peitsche, sondern nur den Revolver bei sich hatte. Es war ein atemloser Moment. Wir schrien alle auf.

Das Folgende vollzog sich viel schneller, als es zu erzählen ist. Der Löwe sprang. Illineb schoß. Mitten im Sprunge änderte der Löwe noch mit einem Ruck seine Richtung, aber er riß den seinerseits ausweichenden Illineb doch mit zu Boden. Und aus einem Arm Illinebs war ein Fetzen Ärmel und Fleisch herausgerissen, und Blut floß. Und King bäumte sich neu und sprang mit beiden Vordertatzen wuchtig auf die Brust seines Herrn. In diesem Augenblick war sein Hinterteil ans Gitter gepreßt. Da stieß ich blitzschnell die Schaufel ins Feuer und schmiß Glut und Flammen dem Löwen zwischen die Hinterbeine. Daß er mit einem Wehgeheul zur Seite sprang.

Und wieder geschah das nächste im Nu – war Illineb emporgeschnellt, hatte Magnus ihm Rechen und Peitsche zugestoßen, streckte Matilde einen Revolver durchs Gitter, der Blitz, Knall und Kugeln bereithielt. Es war nicht mehr nötig. Der Löwe war, von Schmerzen gepeinigt, ins Zelt gerast.

Der Chef wurde ins Bett getragen, die Vorstellung abgesagt, ein Arzt gerufen.

Fünf Tage lang fiel die Hauptattraktion im Zirkus aus. So lange durfte außer Matilden niemand die Stube des Chefs betreten. Er tat mir natürlicherweise und trotz meines Hasses leid, auch konnte ich nicht umhin, seine Bravour zu bewundern. Magnus soff mehr als sonst. Doch er und die Frauen erledigten die Geschäfte gewissenhaft und wie selbstverständlich. Aber untereinander oder mit mir sprachen sie keine Silbe über das Vorgefallene. So standen sie im Banne der Verschlossenheit ihres Brotherrn.

Am sechsten Tage kam dieser wieder zum Vorschein. Ich war dabei, eine Verankerung des Zeltes anzuspannen. Da trat er, den rech-

ten Arm in der Binde, aus dem Wagen, und – ich bemerkte es seitwärts schielend – er ging forsch, geradewegs auf mich zu. Ich fürchtete mich vor diesem längst ausgedachten Augenblick. Ich hätte
meinem, wie mir's vorkam, schon allzu hart gestraften Feinde so
gern die Demütigung erspart, mir danken zu müssen.

Illineb stand vor mir, und – – er gab mir einen Schlag.

Mit der linken Faust einen Schlag in die Fresse. Wie damals. Und
entfernte sich.

Ich spürte keinen Schmerz vor Verblüffung und Betrübnis. Und
ich nahm auch diesen Schlag schweigend hin. Aber – sonderbar:
Seitdem verehrte ich Illineb, trotzdem er fortan und bis zuletzt un-
verändert kalt blieb und mich und uns übersah.

Ja, ich fing an, ihn zu lieben. Ganz im stillen. Ich arbeitete noch
eifriger als früher, aber wenn ich seine Schritte vernahm, versteckte
ich mich möglichst. Und doch behielt ich ihn, wo es anging, im
Auge.

Ich liebte ihn hündisch. Ich folgte ihm so weit, daß ich ihn aus
Entfernung beobachten und belauschen konnte. Wenn er die
Fleischstücke spießte und in die Käfige reichte, unter lieben Kose-
worten in verschiedenen, manchmal mir unbekannten Sprachen.
Wenn er rührend zärtlich und lange Prinzens Nase streichelte. Ich
schlich ihm sogar in der Freizeit heimlich nach, wenn er die anderen
Tiere, unsere Dogge, die Pferde der Kunstreiter, den Esel des
Clowns oder die Eisbären in der russischen Bude aufsuchte und zu
denen, sofern er sich von Menschen unbeobachtet fühlte, genauso
redete wie zu seinen Löwen.

Auch diese Löwen gewann ich lieb. Einmal stand icheine Stunde
lang allein und ergriffen vor dem kranken Prinz in der Sonne. Er
trabte in dem engen Käfig die drei Schritte hin und die drei Schritte
her unaufhörlich auf und ab, mit Schnauze und Fell das Gitter strei-
fend, so daß er mehrere abgewetzte Stellen hatte. Und nie gelang es
mir, seinen Blick zu fangen, ihm in die Augen zu sehen. Er blickte
über mich, über alle Zuschauer – ich weiß: auch über Illineb – hinweg. Wie Illineb über uns Mitmenschen hinwegsah.

Cooper erzählt von einem gefangenen Indianer, der keine Nahrung annahm und nichts sprach, sondern nur so blickte: immer in

einer bestimmten Richtung, an seinen Feinden, den Puritanern vorbei oder über sie hinweg, wie in eine nur ihm vertraute, einzige Ferne.

Als Prinz eines Morgens nicht mehr imstande war, auf seinen Füßen zu stehen, ließ Illineb, ungern nachgebend, den Tierarzt holen.

Ich verfolgte von weitem die Unterhaltung und fing einige Worte des Veterinärs auf, wie »Operation« – »Fesselung« – »Narkotikum«. Darauf antwortete Illineb plötzlich sehr laut in einer mir und zweifellos auch dem Tierarzt unverständlichen Sprache, und er gab dem Tierarzt Geld und entließ ihn unhöflich.

In der Nacht zu diesem Tage konnte ich wieder einmal nicht einschlafen. Ich erwog einen Plan. Ich wollte Illineb meine Liebe und Verehrung gestehen. Ganz einfach und ehrlich, ohne mich meiner gebildeteren Ausdrucksweise zu schämen. Ich wollte um sein Vertrauen und um seine Freundschaft bitten.

Noch zur Dunkelzeit hörte ich ihn sein Zimmer verlassen, unseren Raum durchschreiten und die Tür vonaußen abschließen. Das verwunderte mich. Er ging sonst nie nachts aus. Wollte er wohl einmal mit Kollegen oder mit Freunden zechen? – – Ob er einen Freund hatte? – – Ob es ein Mädchen gab, das er liebte? – – Über solchem Nachdenken schlief ich allmählich ein.

Morgens gab es einen Krach. Es stimmte etwas nicht. Magnus mußte die Wagentür gewaltsam aufbrechen. Illineb wurde tot und gräßlich zerrissen und zerbissen in Prinzens Käfig aufgefunden. Ein Rasiermesser und eine Nagelschere lagen neben der Leiche. Prinz hatte eine merkwürdige rechtwinklige Schnittwunde an der linken Hüfte.

Die Löwentruppe Illineb wurde zwei Tage später aufgelöst, und die Löwen wurden verkauft. Prinz war gesundet.

# Das schlagende Wetter

Alle Welt kennt E. T. A. Hoffmanns Leben, schätzt seine Werke. Niemand weiß, daß zwei uneheliche Söhne des Dichters die Hamburger Bergakademie besuchten. Wer vermöchte heute anzugeben, wo das angeblich in einer italienischen Schublade gefundene Schriftstück des fragwürdigen Norwegers Tenkjörd geblieben ist? Ob jemand wagen wird, die folgende Darstellung zu widerlegen?

Bei allem Fleiß und größter Begabung fühlten die Brüder Reinhard und Wolfgang sich doch auf der Bergakademie nicht recht wohl. Von dem theoretischen Wust angewidert, verließen sie die Anstalt, um sich dem praktischen Teil ihres Berufes und innerhalb desselben wieder der phantastischen Seite zuzuwenden. Sie gingen aufs Bohren aus, wollten Kali, Wasser und alles mögliche bohren.

Unbemittelt, nicht im Stande, sich ein Bohrwerk anzulegen, zogen sie zunächst mit zwei Wünschelruten und langen Handbohrern versehen durch Hamburg. Sie waren viel zu klug, zu weitblickend, um den Mut zu verlieren, als die Wünschelruten lange Zeit weder in Wolfgangs noch in Reinhards Händen reagieren wollten. Als aber,da die Brüder eines Tages gerade den Jungfernstieg an der Alster querten, beide Wünschelruten mit eins ausschlugen, setzten die Brüder auf der Stelle ihre Bohrer an und drehten fieberhaft, ohne sich um die Einsprüche der Polizisten, Kutscher und anderer Verkehrs- und Geistesgestörter zu kümmern. Nachdem sie die erste Gasleitung unterm Asphalt zerstört hatten, gelang es, die Brüder zu überwältigen und ins Gefängnis zu bringen. Wo sie zwei Jahre verbüßten.

Ihre Entlassung fiel zeitlich gerade in eine ebenso Aufsehen erregende wie nützliche Reklameveranstaltung, in die sogenannte »Hamburger Höflichkeitswoche«, auf die eine dortige Kaffeefirma nach dem späteren Beispiele eines Berliner Verlages verfallen war. Acht Tage lang durchstreiften nämlich Angestellte jener Firma unauffällig beobachtend die Straßen und Plätze, und wenn sie auf besonders höfliche öffentliche Handlungen oder Gespräche stießen, so traten sie auf den Höflichsten unter den Höflichen zu und sagten, ihm einen kuvertierten Tausendmarkschein überreichend: »Da, mein Junge, nimm das Geld und merke dir: Hoppenstiels Kaffee ist der beste!« In jener Woche war allenthalben in Hamburg zu beobachten, wie die Leute auf einmal sich an Höflichkeit zu überbieten suchten.

Damals also verließen die beiden Hoffmanns die Strafanstalt und bestiegen, obwohl sie keinen Pfennig Geld besaßen, teils dreist, teils ahnungslos eine Straßenbahn. Eine Strecke weit wußten sie sich durch geschickten Platzwechsel dem Kondukteur zu entziehen. Als dieser sie aber schließlich doch mit der anständigen Frage stellte: »Belieben die Herren vielleicht ein Billet zu erwerben?«, zogReinhard seinen Entlassungsschein hervor, tat sehr erschrocken und rief mit geheucheltem Bedauern: »Ach, verflucht noch mal, wie fatal! Ich dachte, das sei ein Tausendmarkschein, und nun habe ich kein Geld bei mir.«

Unverzüglich erhob sich da der nächste Fahrgast und sagte: »Mm–hh–tp ist mein Name; dürfte ich Ihnen vielleicht mit einem Tausendmarkschein unter die Arme greifen?«

Wolfgang Hoffmann überkam etwas wie Ahnung von verwandelter Menschheit. »Sie wollen uns borgen?« sagte er und wurde rot, weil er unwillkürlich den Schein schon ergriffen hatte.

»Borgen?« erwiderte der Fremde errötend. »Ich bin sehr beschämt, daß die voreilige Ausdrucksweise meiner ergebensten Absicht eine Mißdeutung –«

»Sosehr es mir zur Ehre gereichen würde«, fiel der Schaffner ein, »dem Herrn Reichsgrafen einen Tausender zu wechseln, so fehlt es mir doch leider –«

»Vergeben Sie mir«, stammelte emporschnellend ein anderer Fahrgast, »wenn ich so frei bin, die Kleinigkeit des Fahrpreises in stimmender Münze –«

Dieses Höflichkeitsgeflecht wurde quer durchschnitten, indem die Brüder Hoffmann plötzlich mit dem Tausendmarkschein das Weite suchten.

Über die Frage, wie der geschenkte Raub zu teilen sei, gerieten Wolfgang und Reinhard in Streit. Weil sie an Mut, Wut und Stärke einander nichts nachgaben, so teilten sie letztlich das Geld und ihre Brüderlichkeit durch 2 und gingen feindselig auseinander. Reinhard verscholl. Denn niemand wußte darum, daß er sich und seine 500 Mark bis China durchgebracht hatte. Wolfgang aber pachtete für sein Geld eine städtische Bedürfnisanstalt an der Alster.

Vier Zellen hatte dieses primitive Etablissement. Davon florierten drei sehr ersprießlich zum Ärger des Pächters, während die vierte zum Ärger des Publikums dauernd verschlossen blieb. Sie sei von einem Chronischen besetzt, erklärte Wolfgang auf Befragen. In Wirklichkeit benutzte er jede freie Minute zwischen Aufschließen und Adieu-Sagen beziehungsweise Einkassieren, um in jener geheimnisvollen Zelle emsig Bohrversuche anzustellen.

Bald entdeckte er zu seiner Freude, daß er auf eine Wasserader gestoßen war. Gleichzeitig versagte in den Nebenstellen die Wasserspülung, aber Wolfgang beachtete das nicht weiter, sondern gab dem neuentdeckten Strahle eine Rohrbettung, die er zunächst verschloß, um sie später einmal wirtschaftlich und pekuniär auszubeuten. Inzwischen entzog er die zweite Zelle der öffentlichen Nutznießung und bohrte dort weiter. Mit seiner ingeniösen Begabung und mit dem reichlichen Gewinn, den die beiden anderen Zellen noch abwarfen, konnte er seine Bohrwerkzeuge aufs Trefflichste vervollkommnen.

Abermals ward er fündig. Petroleum. Rohrleitung zugestopft. Ausnützung auf später verschoben.

Während das Publikum vor der vierten, noch einzig aussichtsvollen Zelle in langer wartender Schlange anstand, bohrte Wolfgang in der dritten. Und er wurde dort – wenigstens moralisch – der Entdecker einer heißen Mineralquelle. Nicht juridisch, weil, als ihn seine Bedürfnisanstaltspflicht im entscheidenden Moment abrief, ihm zwei andere, harmlose Augen zeitlich zuvorkamen.

Übrigens hatte Wolfgang nahezu das gleiche Interesse daran, diese heiße Quelle und die Kenntnis davon wieder zu verschütten, wie jener harmlose Senator, der in so mysteriöser Weise hinterrücks angebrüht worden war.

Aber, wie das so geht, etwas sickerte doch durch. Die Anstalt blieb – öffentlich hieß es wegen Reparatur – vier Wochen lang geschlossen.

Wolfgang nutzte diese Zeit aus und bohrte und bohrte in der vierten Zelle. Bohrte und nahm immer längere Bohrstangen, verlängerte diese, fügte einen Ansatz nachdem anderen an die Verlängerungen, bohrte Tag und Nacht. War sich, nach dem Maße der Schnelligkeit, womit er tiefer drang, jederzeit darüber klar, welches Gestein oder welche Erdschicht er gerade durchbohrte. Bohrte unermüdlich, zuversichtlich, denn er wußte, daß das von ihm und seinem Bruder gemeinsam erfundene Material des Bohrers auch das härteste Gestein, ja selbst Stahl überwinden würde.

Dennoch stieß er eines Tages nicht nur auf Widerstand, sondern sogar auf Gegendruck. Er erbleichte für einen Moment. Dann hatte er's.

»Mein Bruder! – Das Luder!« rief er aus, ohne etwa in dieser haßerfüllten Stunde reimen zu wollen; er riß den Bohrer heraus und näherte ein Fernrohr und sein Auge der Öffnung.

Wahrhaftig! Sein Bruder! Sein Bruder hatte von einer Gegenseite der Erdkugel aus ebenfalls gebohrt, und die beiden Richtungen begegneten sich zufällig in ein und derselben Linie.

Deutlich erkannte Wolfgang durch den etwa fünf Zentimeter breiten Bohrgang das giftige blutunterlaufene Auge des Bruders.

»Schwein!« schrie er berstend vor Wut in die Öffnung hinein.

»Rindsvieh!« kam es als Antwort zurück.

Einen Tag lang beschimpften die Brüder sich wechselweise, dann versuchte jeder den anderen anzuspucken. Beide Spucken kamen niemals an. Dann versöhnten sich Wolfgang und Reinhard und riefen einander herzliche Grüße, Geburtstagswünsche und Neujahrsworte zu. Darauf kamen sie auf sachliche, demzufolge auf geschäftliche Gespräche. Dann rohrpusteten sie sich gegenseitig Schmuggelwaren zu: Opium gegen Bayerische Malzbonbons. Schließlich tauschten sie politische und börsianische Berichterstattungen aus und wurden – der eine in China, der andere in Hamburg – innerhalb von fünf Tagen als Propheten so reich und angesehen, daß jeder von ihnen den anderen, also den Mitwisser des Bohrlochgeheimnisses, aus der Welt wünschte, um sich dann unbesorgt zur Ruhe setzen zu können.

»»Hallo!«« Beide Brüder riefen sich in demselben Moment den verabredeten Anruf zu. Beide Brüder setzten im nächsten Moment eine Pistole an die Öffnung und schossen los; legten sodann ein Auge an, um die Wirkung ihres Schusses zu genießen.

Im Erdinnern platzten die beiden losgefeuerten, mit Aufschlag-zündern versehenen Geschosse aufeinander, an einer Stelle, wo sich Gase angesammelt hatten. Das schlagende Wetter fand nur zwei schmale, etwa fünf Zentimeter breite Ausgänge, die es mit Stich-flammenkraft benützte.

In einem chinesischen Tempel und in einer Hamburger Bedürf-nisanstalt wurde gleichzeitig je ein verkohlter Nachkomme E. T. A. Hoffmanns gefunden.

# Nervosipopel

Mitschüler erzählten als Witz, seine Mutter sei Leichenbändigerin und seine Großmutter Löwenfrau gewesen. Es war etwas daran, aber der Fall lag doch anders. Indessen nahm Feix Daddeldu dergleichen Nachreden nicht übel. Er lachte dazu. Seine Gutmütigkeit lag nicht immer so offen, ward daher auch von vielen Leuten angestritten. Von dem Lehrer, dem Feix eine Stunde lang auf alle Fragen mit »Wie?« antwortete. Vom eigenen Vater, wenn dieser sein Pfeifenrohr mit Wachs verstopft fand, und sogar von der Mutter, wenn Feix durchaus nicht zu bewegen war, das Kippen mit dem Stuhl einzustellen. Diese eigensinnige Beharrlichkeit war das Häßlichste daran. Machte Feix seinen Bruder, dem das Rechnen sowieso von Natur aus schwerfiel, beim Addieren durch lautes, unrichtiges Mitzählen konfus, dann verdrosch Kuttel schließlich den Feix. Aber nachher fuhr dieser fort, laut, unrichtig mitzuzählen: »14 – 15 – 16 – 18 – 20.« Und ließ sich widerstandslos abermals verdreschen und zählte weiter, und das hätte sich – was an ihm lag – lebenslang so fortsetzen können. Lag aber nicht, setzte aber nicht. Jedoch das Allerärgerlichste war das Lachen. Wie Feix zu dem, was er im Grunde genommen gar nicht tat, lachte. So gemein! Gemein konnte man eigentlich nicht sagen, Feix lachte ja die anderen nicht aus, nicht einmal an. Sondern er lachte einfach gleichmäßig heraus oder vielmehr in sich hinein, nicht boshaft, nicht schadenfroh, nicht höhnisch, aber so – so – so dumm! Obwohl er vermutlich gar nicht dumm war. Man wußte das zwar nicht. Er hielt in der Schule Schritt, drängte sich nicht vor, sondern war schweigsam, widersprach nie, fand sich in alles. Es war ihm überhaupt nichts Bedeutsames vorzuwerfen. Weil seine liebevollen Eltern keinen Haken entdeckten, um ihn zu bestrafen, er aber doch nach ihrer Meinung irgendwie was Queres hatte, so versagten sie ihm seinen einzigsten Wunsch, Seemann zu werden, und schickten ihn in die Stadt zu einem Drogisten in die Lehre. Feix arbeitete normal fleißig bei dem kleinen nervösen Drogisten und wohnte und speiste mittelmäßig in der Fremdenpension der geschäftigen, vielseitigen, nur etwas leicht erregbaren Drogistenfrau. Herr Bulverin, so hieß der Drogist, wußte nur Gutes an die alten Daddeldus zu berichten. Leider wurde er von Tag zu Tag nervöser. Die Tür zum Privatkontor und das Fenster standen immer wieder offen, und der Zugwind wehte die Rezepte und sonstige Papiere durcheinander. Im Laden standen die gleichartigen Flaschen, Phiolen und Dosen nicht mehr parallel, sondern schief zueinander. Die abends mit Bulverinschem Patentöl geschmierten Türangeln waren morgens verrostet und quietschten.

Auch die Erregbarkeit der Madame Bulverin nahm zu. Die bedauernswerte Dame verbrachte schlaflose Nächte. Weil die Wasserleitung tropfte, tupf, tapf, tupf, tapf.Irgendwas – sicherlich eine Maus – nagte. Wo? – Woran? – Woher? Die Feldherrnbilder hingen schief. Etwas klappte von Zeit zu Zeit.

Erst nach sechs Monaten fingen die Eheleute Bulverin an zu ahnen. Wie Bulverins Patentöl in Blechkännchen zu Wasser wird. Seit wann die Pensionstische auf angesägten Beinen hinkten.

Da nichts nachzuweisen war und kein Entlassungsgrund vorlag, sondern aus anderen nebensächlichen Ursachen machte die Drogerie plötzlich Pleite, und Feixen blieb nichts übrig, als ohne Geld, aber mit viel bestem Zeugnis nach Hause geschickt zu werden.

Solche Leute wie Frau Daddeldu halten nichts von Zeugnissen und sehen auch nicht auf Geld. Aber in dem Nach-Hause-geschickt-werden fand die redliche Frau einen Fliegendreck. Und es mußte wohl auch im Benehmen ihres Sohnes mancher Fliegendreck oder wenigstens einer gefunden sein. Sie spürte dem vier Wochen lang nach, ohne recht dahinterzukommen. Aber man schmettert nicht Türen zu, als gälte es, Büffel zu köpfen. Und als Feix wieder – nun schon zum elften Male – die Lampe so auf den Tisch gestellt hatte, daß ihre eine Hälfte über den Tisch hinausragte, wurde es Beschluß, daß Feix sich erst einmal als Seemann ein bißchen Lebensernst zusammensegeln sollte.

Er war kein so tüchtiger und beliebter Seemann wie Kuttel, aber auch kein so leichtsinniger Abenteurer wie sein anderer, sein verschollener Bruder. Sondern genügte seinen Pflichten mit Durchschnittsleistungen. Seine Kameraden und Vorgesetzten hatten ihn im Grunde genommen gern, war doch sozusagen nichts gegen ihn einzuwenden. Aber seine Ruhe war keine Ruhe mehr. Nicht etwa Faulheit. Aber er machte die ältesten Jahnmaate, diese wetterharten, bedächtigen Bärenkerle, er machte sie kribbelig; und als ihm der sechzigjährige Segelmacher im Stillen Ozean mit dem Fuchsschwanz einen Mastsplitter aus dem After sägte und Feix während dieser Notoperation das gelehrte Buch des Kapitäns studierte (es war ein Reiseführer durch Dießen am Ammersee) und dabei unaufhörlich dermaßen lachte, daß der Segelmacher ein Jucken in die Hand bekam, wobei die Säge abbrach, darüber der erschrockene Segelmacher plötzlich tot war; da hatte sich Feix alle Sympathien an Bord verscherzt. Niemand bemitleidete ihn etwa, weil er fortan mit einem Splitter und einem Stück Säge im After sich durchs Leben schlagen mußte.

Später trieb er sich in tropischen Ländern herum. Jahre waren vergangen, seitdem er seine Mutter verlassen hatte, und nie bekam diese ein Lebenszeichen von ihm. Dennoch wartete sie vertrauend und tapfer auf seine Rückkehr und rühmte ihren Feix und seinen besonders guten Charakter, bis Feix nach fünf Jahren plötzlich überraschend heimkam; dann nicht mehr, im Gegenteil.

Was hatte er wohl alles erlebt? Er sprach nicht darüber. Was hatte er wohl seinen Angehörigen aus dem Auslande mitgebracht? Er stellte es auf den Tisch: eine große quadratische Pappschachtel und darin: ein Moskito.

Seine Angehörigen lachten durchaus nicht. Das war doch kein Witz.

»Es ist dressiert«, sagte Feix erklärend. Aber das machte gar keinen Eindruck. Nur Paula riß den Mund auf. Feix sprach etwas zu dem Moskito in einer fremdenSprache, nicht Englisch. Sofort schoß das Insekt wie ein Pfeil in Paulas Mund. Paula spie es hustend wieder aus. Feix trocknete es mit Löschpapier. Dann gab es wieder ausländische Befehle. Das Moskito fing an, scharf summend und in schönen Brezelkurven um die Lampe herumzusausen. Frau Daddeldu schlug mit dem Besen nach dem Tiere. Feix sperrte es vorsichtig wieder in die Pappschachtel. Die Angehörigen lasen die Lampensplitter vom Boden auf.

Feix wurde zu einem Pfarrer in die Stadt geschickt, um vier Wochen lang Anfangsgründe zu studieren. Er fuhr im D-Zug in der zweiten Klasse mit sechs sehr unterschiedlichen, aber durchwegs hochintelligenten Leuten zusammen, die ihn unterwegs unruhig und unbehaglich anschielten. Weil bei dem was nicht stimmte. Es war den Sechsen so, als habe sich über sie eine Gewitterwolke gelegt. Während der neu Hinzugekommene, dieser dauernd und lächelnd die Lippen bewegende Arbeitsmann mit seinem Köfferchen und der Riesenschachtel allein in Sonne gehüllt schien. Der erste Mitreisende nieste 42mal, der zweite juckte sich, der dritte blinzelte, der vierte suchte nach Ursachen, der fünfte schlug um sich. Der sechste aber schlief; er war syphiliskrank.

Feix saß, abgesehen von seinem ausländischen Murmeln, unbeweglich da. Und doch war er der Dirigierende. Er arbeitete Hand in Hand mit seinem Moskito. Wie ihn die Inder gelehrt. »Nimm Krankheit!« befahl er dem Tier. »Übertrage sie!«

Der Zug lief ein. Hinter Feixen verließen auch die übrigen Passagiere den Wagen, der Herr, der geschlafen hatte, verließ ihn geheilt, die fünf andern syphiliskrank. – –

Schon am folgenden Sonntage erschien der Pfarrer aus der Stadt bei Frau Daddeldu. Er war verbunden und total zerstochen. Hinter ihm stand Feix mit Köfferchen und Pappschachtel.

Frau Daddeldu hatte nie Feen mißbraucht. Zum ersten Male in ihrem Leben wanderte sie nach dem Hünengrab und kratzte dreimal mit dem Hufeisen unter die Distel. Die Fee erschien, vernahm die Klage und verschwand.

Als Feix anderen Morgens erwachte und den Pappkasten öffnete, um seinem Moskito guten Morgen zu wünschen, kam statt des Insektes ein Elefant heraus. Feix lachte mächtig. Da verwandelte sich der Elefant in einschnappendes Krokodil. Feix hielt dem Krokodil mit der Linken das Maul zu, kitzelte es mit der Rechten und lachte. Nun entglitt ihm das Kroko und nahm ätherische Feengestalt an. Feix schnalzte mit der Zunge und lächelte.

»Lächle nicht!« sagte die Fee ernst. »Vom höchsten Glück bis zum tiefsten Unglück ist nur ein knapper Schritt. Gesundheit soll dereinst abgerechnet werden, denn sie ist geliehene Begabung, andern zu helfen.«

Feix schnalzte mit der Zunge.

»Schnalze nicht!« verwies ihn die Fee. »Es kann ein lästernder Töter gütig sein, und es kann ein schlafender Unterlasser ewige Mordschuld auf sich laden.«

Feix feixte. Die Fee wechselte ihre Beinstellung, dann rollte sie plötzlich ihre Augen feurig und sagte mit hohler Stimme:»Bebinissi kolabia ivustalinski!«

Feix feixte und schnalzte.

»Du!« rief die Fee drohend.»Du weißt nicht, wer ich bin.«

»Doch« – erwiderte Feix –,»ein rechter Nervosipopel!« Die Fee verschwand.

Von allen aufgegeben und gemieden, begann Feix nun einen liederlichen Lebenswandel. Sein Stammlokal wurde das Cafe Nashorn, wo Dirnen verkehrten.

Frau Daddeldu kratzte noch dreimal unter die Distel. Die Fee zuckte nervös mit den Achseln und verschwand. Aber heimlich verwandelte sie sich in eine Kokotte.

Feix verguckte sich. Seine Mutter gab sonderbarerweise immer aufs neue Geld heraus. Feix hielt die Kokotte aus. Die Kokotte ward schwanger. Feix heiratete sie trotz stärksten elterlichen Protestes. Das war sehr anständigvon ihm. Lepopisov Ren, so nannte sich die Braut, stammte aus der Gegend von Rußland, bezog mit Feixen ein bescheidenes Zimmer und darin ein Wochenbett. Feix pflegte sie, aufmerksam, ordentlich, beharrlich, treu, rührend. Es klingelte; Feix schnitt die Drähte durch. Es klopfte; Feix rief ärgerlich:»Pst! Pst! Sie schläft.«

Drei Monate vergingen. Feix brachte seiner Frau Erdbeeren, Schokolade oder die neueste Art von Bouillonwürfeln ans Bett, zog sich schon im Korridor die Stiefel aus, küßte – um nichts zu quetschen – bloß noch die Haare.

Wieder drei Monate vergingen. Feix verließ die Wohnung nimmer, nachdem er noch einmal eiligst Windeln und Bleisoldaten eingekauft hatte. Er schlief nimmer, sondern horchte vor der Türe. Er aß kaum noch. Er wurde vom Briefträger wegen Mißhandlung verklagt. Er schrie die Amme an, weil sie polterig hustete. Er zuckte, blinzelte, er suchte nach dem Moskito, welches abhanden gekommen war, er raste, schrie (aber stets in Kissen hinein, damit Lepopisov Ren nichts vernähme). Dann wieder ließ er sich stundenlang von der Wöchnerin erzählen, wie sie sich befinde, ob es sich wie ein

Junge anfühlte. Und wenn sie »Ja« sagte, so freute er sich rein närrisch. Bis eine Fliege summte oder ein Tablett umkippte. Dann fuhr er aus der Haut.

Der Tag kam heran. Der Arzt ließ auf sich warten. Feix sprang von einem Bein aufs andere, unterdrückte. Die Hebamme ließ auf sich warten. Feix kroch Wände empor. Das und mehr wiederholte sich acht Tage lang, ohne das ersehnte Resultat. Der Termin war längst vorüber.

Vierzehn Tage vergingen. Lepopisov Ren nahm immernoch zu. Arzt und Hebamme kamen umsonst. Feix raste oder weinte.

Ein Monat verging. Lepopisov Ren nahm immer noch zu. Sie lag schon in zwei Betten; nun ließ Feix anbauen. Arzt und Hebamme lachten in sich hinein. Feix stach nach beiden. Zwei Monate vergingen. Arzt und Hebamme blieben aus, sandten aber ihre Telephonnummern.

Der dritte Monat war halb vorbei. Drei Viertel der Stube war von der Wöchnerin ausgefüllt. Feix grübelte abmagernd darüber nach, was an der Verzögerung schuld sei. Lepopisov Ren meinte: Die verbrauchte Zimmerluft.

Also mußte sie ins Freie. Die Türöffnung maß 98 : 200, das Fenster nur 90:180. Feix brach eigenhändig die Frontwand des Zimmers nieder.

Es war ein sonniger Julitag. Lepopisov Ren hatte Ausgang. Feix sah ihr außer sich vor Freude nach.

Sie glitt hinaus, halb schwankend, halb schwebend. Draußen legte sie sich auf die Seite – Feix war fieberhaft gespannt –, drehte sich kugelartig weiter herum, bis ihr Bauch zuoberst kam, und auf einmal und langsam stieg sie. Stieg ruhig und majestätisch höher und höher, himmelwärts. Feix verhatterte sich in eine Rouleauschnur. Und sie stieg stetig. Plötzlich fing Feix an, wie rasend zu hupfen, aber es war schon zu spät, er erreichte nichts mehr. Sie stieg höher, feierlich, stieg wie ein Luftballon. Ohne Gondel. Aber oben, im Zenit des Ballons, auf dem Nabel, saß deutlich, unbeweglich, ernst und blaß ein Moskito.

# Diplingens Abwesenheit

Nach dem sechzigsten Wirbelmotor mit Repetier-Kolben-Schaltung wurde Herr Silbig Dipl.-Ing., Diplom-Ingenieur und so reich, daß er sich in Kufstein neben dem Hotel Auracher ein kleines Haus erwerben konnte, wo er sich und seine Frau zur Ruhe setzte. Beide Gatten waren entschlossen auch dort, wie bisher in Paris, ohne Dienstboten zu leben. Ebenso besorgten sie die Einrichtung nach Möglichkeit ohne fremde Hilfe: Und diese Einrichtung war nicht nur komfortabel zu nennen. Es wurde ein Zimmer des unteren Stockwerks zum exotischen Wintergarten gewandelt. Schöne Palmen, seltene Orchideen und Kakteen entsprossen einer Erdschicht, die den zementierten Fußboden bedeckte, und zwischen den mit Schlingpflanzen verwobenen Gewächsen luden Amoretten und Lustbetten zum Ruhen ein. Über diesem Zimmer war im höheren Stockwerk, gleichfalls durch Zement gesichert, ein Schwimmbassin für zwei Personen angelegt. Und alles andere war so perfekt auf Schönheit Und Bequemlichkeit ausgearbeitet, daß Silbigs oder Diplingens, wie man sie in Kufstein nannte, schon nach vierwöchentlichem Aufenthalt sich gelangweilt nach Paris zurücksehnten. Da war es ihnen sogar angenehm, als ihr Neffe Oberreich aus Kopenhagen seinen Besuch anmeldete.

Hans war ihnen in Paris oft ein ungern gesehener Gast gewesen, weil er so viel Unruhe brachte und weil er einen Beruf, den es eigentlich nur in Witzblättern geben sollte – Hans nannte sich nämlich Impresario – gewählt hatte und gar nicht ausübte. Aber diese Unruhe schien Diplingens nun beinahe willkommen; vielleicht freuten sich auch beide insgeheim darauf, dem Neffen mit ihrer Villa zu imponieren.

Als Oberreich eintraf, fanden Silbigs ihn übrigens gar nicht so übel, wie sie nach ihrer Erinnerung vermeint hatten. Im Gegenteil: er benahm sich außerordentlich wohltuend, wußte sich bescheiden und unterhaltsam anzupassen. Er brachte sogar ein drolliges Geschenk mit, einen kleinen, ganz jungen Goldfisch, den er, nicht ohne Schwierigkeiten, in einem Einmachglas von Dänemark bis nach Tirol transportiert hatte. Und überhaupt betrug sich der Neffe – er hatte so laute, begeisterte »Oh«-Rufe und »Ah«-Rufe für die Lust-wohnung.

Erst nach Oberreichs Abreise entdeckten Diplingens, daß er das Schwimmbad mit Suppenwürze oder so was verunreinigt hatte. Sie suchten diesen unangenehmen Menschen zu vergessen, was nicht ganz leicht war, weil sie den kleinen Goldfisch so liebgewonnen hatten. Er war so rührend unbeholfen in seiner jugendlichen Uner-fahrenheit. Er hatte auch noch gar keine rötliche, sondern sozusagen gar keine Farbe, war überhaupt ganz unansehnlich, eigentlich nur ein kleines, etwas längliches Bläschen. Danach tauften sie ihn auch »Bläschen«. Für Bläschenwurde ein Goldfischglas beschafft, das man auf einem Gipssockel in den Wintergarten stellte, und man fütterte das Fischlein täglich mit 48 Ameiseneiern.

Bläschen hier und Bläschen da. Aber nach acht Tagen wird jeder Fisch langweilig. Diplom-Ingenieurs fingen, jeder getrennt für sich, an zu überlegen, ob sich nicht gemeinsam erwägen ließe, inwiefern es berechtigt wäre, Pläne zu schmieden betreffs einer längeren Reise nach Paris.

Beide Gatten waren sich einig, aber doch war und blieb ein Hin-dernis. Wer sollte in ihrer Abwesenheit Bläschen füttern und wer die Pflanzen begießen? Etwa fremde Personen? – »Nein! Nein! – Nie! Nie!« Der Plan wurde aufgegeben. Die nächsten drei Tage hindurch stumpften Silbigs so hin. Es schien so, als wären sie böse aufeinander. Man hörte mal das Bullern eines Magens oder das eigene Herzklopfen. Ein andermal plätscherte Bläschen ein wenig, aber sonst –

Und doch hatte Herr Silbig noch nie so intensiv gearbeitet wie in diesen drei Tagen. Und am vierten Tag war das Wunderwerk, wel-ches die Pariser Reise ermöglichen sollte, vollendet und angebracht.

Seitdem Diplingens abgereist waren, kreisten an der Decke des Wintergartens stetig langsam zwei Räder, von denen das eine dau-ernd einen ganz feinen Wasserstaub durch das Zimmer sprühte, während das andere nach jeder halben Stunde ein Ameisenei in das Goldfischglas fallen ließ. Das Wasser für die Sprühmaschine wurde vom Schwimmbassin hergeleitet. Das Reservoir für die Ameiseneier bildete ein großer hölzerner Schwebekasten.

Hans Oberreich hatte sich in diesem Fall keinen Scherz erlaubt. Er war, ohne es zu merken, selber betrogen worden von dem Kopenhagener Händler, der ihm statt eines Goldfisches einen ganz jungen Walfisch angedreht hatte.

Diplingens hätten eine dritte Maschinerie erfinden sollen, um die beiden anderen Räderwerke automatisch von Zeit zu Zeit mit neuem Öl zu versorgen. So aber ergaben sich Störungen, die allmählich schlimmer wurden. Der Zerstäuber am Wasserrad löste sich. Das andere Rad legte jetzt schon 20 Eier in der Minute, einige davon noch ins Goldfischglas.

Diplingens blieben abwesend. Die Gewächse im Wintergarten troffen. Starkes Rauschen übertönte das wohlige Plätschern des Goldfisches, welcher fraß und wuchs.

Das Erdreich war nicht mehr sichtbar. Die Lustbetten begannen zu schaukeln, die Amorchen torkelten. Eines Morgens erschrak der junge Goldfisch, weil er im Glase feststak, sich weder vor- noch rückwärts bewegen konnte.

Da überkam es ihn, daß er ein Walfisch sei; er blähte sich stolz. Das Glas platzte, und plumps – schwamm der Wal zwischen treibenden Lustbetten und entwurzelten Palmen. Er fing an, die Gips-Amoretten wie Biskuit zu zerknabbern.

So was bleibt auf die Dauer nicht unentdeckt. Die Auracher hörten nachts gräßlich gigantisches Schnauben. Eine Klage lief gegen die abwesenden Silbigs, weil der Briefträger, als er von außen die Briefklappe an der Tür öffnete, von innen mit Wasser begossen worden war.

Selbst der kaltblütige Revierschutzmann, der das Schloß aufbrach, kam einen Moment außer Fassung, als er beim Öffnen der Tür von einem herausschießenden, hydraulischen Walfisch die Treppe heruntergerissen wurde.

Während im Treppenhaus der Schutzmann und andere Neugierige im Strudel der nachstürzenden Wassermassen ertranken und der Walfisch schon draußen auf dem Marktplatz mit zornigen Flossenschlägen das Pflaster aufpeitschte, gab der Magistrat telegraphisch eine Annonce an alle auswärtigen Zeitungen auf: »Wer kauft einen lebenden Walfisch?«

Sofort meldete sich die Firma Hermann Tietz, Berlin.

Da man in Kufstein über kein großes, transportables Bassin verfügte, so wurde der Walfisch in nasse Tüchereingewickelt und während der Fahrt nach Berlin durch Klistiere künstlich ernährt.

Am Anhalter Bahnhof geriet die Begleitmannschaft mit den Arbeitern von Tietz in Streit, weil letztere außer dem Walfisch auch noch die Walfisch-Windeln beanspruchten. Diese blieben aber zuletzt doch in den Händen der siegreichen Kufsteiner.

Da war es in der Tat kein leichtes Stück für die acht Berliner, das zappelnde, schlüpfrige Riesentier durch die Königgrätzer Straße und weiter zu tragen.

Und kein Wunder, daß ihnen beim Übergang zum Tempelhofer Ufer das grauenhafte Luder entwischte und in den Kanal stürzte.

Kürzen wir den Wasserweg Spree – Landwehrkanal – Havel – Elbe etwas ab. Halten wir uns nicht länger bei erschrockenen Badegästen, zerstörten Äpfelkähnen auf. Übersehen wir die verschluckte Leiche im Landwehrkanal und vermeiden wir überhaupt jede Ausführlichkeit, wie sich der Walfisch über Schleusen, ausgespannte Fischernetze und das Binnenschiffahrts-Gesetz vom 15. Juni 1895 hinwegsetzte. Er erreichte die nördlichen Meere, gründete viele Familien, um denselben seine wunderbaren Erlebnisse aus Diplingens Abwesenheit zu erzählen. Ob er dabei das Maul zu voll nahm, niemand schenkte ihm Glauben, und so zog er sich von den Mitwalen zurück.

Und wenn er nicht gestorben ist, so lebt er noch heute in den eisigen Wassersteppen von Grönland herum, einsam seine Furchen ziehend, traurig schaukelnd und nachdenklich blinzelnd, als suche er vergeblich nach treibenden Lustbetten und Gipszwieback.

# Vom Baumzapf

Magdalissimus Baumzapf ging zu seinem Onkel. Magdalissimus hatten seine Eltern ihn taufen lassen, damit er etwas Apartes, Originelles werden möchte. Denn sein Vater war zeitlebens in langen Haaren und Sammetjackett umhergewandelt. Da sich der Alte zum Sterben streckte, hatte er ohne Zweifel keine Ahnung von dem berühmten Ausspruch Lord Byrons, daß zwei Rosse keine Violine nageln. Denn nunmehr, das heißt 28 Jahre nach des Vaters Tode und 29 Jahre nach seiner eigenen Taufe trug Magdalissimus außer diesem Namen, einer Stinkwut und zwei dicken Foliobänden illustrierter Bechstein-Märchen nichts weiter Wesentliches zu seinem Onkel.

Er haßte seinen Onkel. Der Onkel liebte ihn. Der Onkel lieh kein Geld her. Magdalissimus schenkte immer wieder Bücher hin. Der Onkel sammelte leidenschaftlich, unter anderem Bücher. Magdalissimus borgte leidenschaftlich, aber unleugbar war der Onkel ein außerordentlicher Geizhals. Seitdem er zum Beispiel einmal als Gast bei einem Diner Schnepfendreck gespeist hatte, wünschte er nichts sehnlicher, als eine Schnepfe zu sein.

Doch billigerweise hat gerade diese übelste Wurzel, Geiz, meist eine oder mehrere sonderliche Tugenden in Begleitschaft. Und allein die Freude, das Verständnis und die Sorgfalt, womit der Onkel Bücher sammelte, Bücher stapelte, hätten genügen müssen, um im Busen seines Neffen einen ganz raffinierten Mord- und Racheplan zu ersticken. Rache, weil der Onkel kein Geld gab; Mord, weil er viel besaß.

Mittelst anderweitiger Geldanleihen, zäher Energie und Schwindeleien konsultierte Magdalissimus Architekten, Notare, Literarhistoriker, besuchte er Antiquariate und Buchbinder. Und nach zwei Jahren feindseliger Zurückgezogenheit wußte er allerlei Bedeutsames, zum Beispiel wieviel Gewicht ein Balken trägt.

Da ging er zum erstenmal wieder zu seinem Onkel, bat um Verzeihung und verehrte ihm zur Versöhnung die Memoiren Casanovas, die sehr seltene Originalausgabe, vor d. franz., 12 Bände, in Bronze gebunden.

Der Onkel umarmte ihn, weinte, blieb – der neunundsechzigjährige Mann! – seines Neffen wegen bis 2 Uhr morgens wach und – sein Bestes erzählend – begleitete er sogar noch den jungen Mann vier Meilen weit bis an dessen Wohnung.

Denn Geizige sind unermüdlich in ihrer Dankbarkeit. Sie leben sehr lange.

In der Folge kam Magdalissimus oft, später täglich; jedesmal brachte er Bücher für den Onkel mit. Schöne alte Bücher, interessante Bücher, dicke Bücher, Folianten. Vielbändige Werke, Brockhaus, Meyers Lexikon, Große Ausgabe; den ganzen Luther, Europäische Annalen. Erbauliche Werke. Eine umfangreiche Bibelsammlung auf einmal und dann nach und nach ixerlei, wahllos oder vielmehr enzyklopädisch. Auch anfechtbare Sachen, wie Karl Mays Schriften, alle Sammelbände Simplicissimus und dergleichen. All das neu und solid gebunden. In Holz gebunden mit Messingbeschlägen. In Lederdeckeln mit Bleieinlage. In sammetüberzogenes Eisen gebunden. In Nickel; in Kupfer.

Magdalissimus Baumzapfens Mutter starb am Magenkrebs und hinterließ, was aus zwölfjährigem Mittagstisch herauszuschlagen war. Der Onkel weinte, küßte, tröstete, dichtete einen Nekrolog, zeichnete die Verblichene aus dem Gedächtnis, wanderte jeden Sonntag eigenhändig nach dem Friedhof, um das Grab zu begießen, und schenkte die Jugendbriefe der Toten hin. Schenkte!

Magdalissimus wendete die halbe Erbschaft daran, um sich mit wertvollen Reisebeschreibungen und sämtlichen Jahrgängen der »Times« zu revanchieren.

Er redete auf seinen Onkel ein: Hier eine kostbare unersetzliche Bibliothek in dauernder Feuersgefahr. Demgegenüber nichtswürdig hohe Versicherungsgebühren. Und dahinter fast lächerliche, nein trügerische Ersatzansprüche. Der Onkel verließ nicht mehr seine Wohnung.

Magdalissimus kam und schenkte. Er wog seine Geschenke zuvor, ideell wie materiell. Sein zweijähriges Studium hatte ihm eine gewisse physikalische und mathematische Gewandtheit verliehen, und eine verständliche Vorsicht gab ihm den Vorsatz ein, die letzten fünf Zentner nicht mehr persönlich zum Onkel zu schaffen, sondern sie lieber eingeschrieben per Post aus Influenza zu senden. In seinen Gedanken galt ihm dabei ein zerquetschtet Paketträger für ein schrecklich betrübliches, aber unumgängliches Opfer.

Onkels Bewegungsradius verkleinerte sich. Bücher drängten sich an Bücher, übereinander bis an die Decke. Und da sandte Magdalissimus das neue, verschließbare und feuersichere Bücherregal aus Stahl. Onkels Zimmerwände knackten spukhaft. Es knackte in den Bohlen des Fußbodens. Onkel wurde unruhig. Er merkte schon lange was, aber nicht richtig was.

Jetzt wieder zurück zum Anfang der Erzählung. Magdalissimus Baumzapf ging zu seinem Onkel. Das letzte Mal.

Er schenkte zwei illustrierte Foliobände: Bechsteins Märchen, in vergoldeten Marmor gebunden. Onkels Stube betretend, ließ er die Bücher im Schreck fallen, weil er eine Senkung im Fußboden gewahrte; und das Fensterbrett war verbogen. Aber gleich hinterdrein erschreckt, hob er die Bücher hastig wieder auf, um den Fußboden wieder um ihr Gewicht zu erleichtern.

»Mach dir's leicht, guter Junge, und nimm Platz«, sagte der Onkel. Onkel hatte heute etwas zum Anbieten: Zigaretten, eine ganz besondere Sorte, zwei Stunden weit extra für den Neffen herbeigeholt. Der nickte nur, weil ihm der Atem noch nicht zurückgekehrt war.

»Mein Gott! Junge, du bist ja ganz blaß! Fehlt dir was?«

Magdalissimus wehrte verwirrt, suchte nach irgend. Aber – – es klopfte, und ein halbes Dienstmädchen meldete, die erste Lieferung von Bollermann sei angelangt.

Vielleicht erhoffte Onkel eine neue bibliophile Dedikation Magdalissimi; er sagte:»Bitte, man soll sie hereinbringen.« Dabei griff er mit erstaunlicher Stärke und Behendigkeit sechs Bibeln aus einem Regal, als wollte er Platz für das Kommende schaffen.»Onkel«, rief Magdalissimus, sich erregt erhebend,»erwartest du etwa noch – –?«

»Bitte halte mal!« antwortete der Onkel und drückte ihm die sechs Bibeln so wuchtig in die Arme, daß der junge Baumzapf damit in den Sessel zurückfiel. Da klopfte es, ging die Türe auf, brachte ein bügelförmiger Mann die erste Lieferung von Bollermann herein: zwei Zentner Kartoffeln. »Macht fünf Mark.«

Wo die Senkung im Fußboden war, knackte es. Der braune Fußbodenlack bekam das Muster windbestrichener See.

Magdalissimus wollte sich – – die Bibeln – –»Onkel!!« – – Kennacks – Prracks – Tschsch-Tu – Tsch – Lipp-Wupp - Huihhh – (Fallen).

(Onkel bewohnte im vierstöckigen Geschäftshause eine preiswerte Mansardenwohnung.)

Bum – Kladdera – Bumms –. Mit den Tausenden von Büchern mischten sich plötzlich Akten, Schreibmaschinen, junge Mädchen und Tintenfässer. – Nack Nack – Nack – Nicks – Fracks – Drucks – Uhüiihh – Bum – Kladdera – Bumms –. Mit den Büchern, Mädchen, Akten, Tintenmaschinen und Schreibfässern vermengten sich plötzlich Tausende von Korsetts – lila, weiß, rosa. Krrr – Uiehks – schlitterteklirrte Huihhh – Bumms. Intimes Interieur. Ganz flüchtig. Ein Arzt schrie auf. Die Geburt eines Zwillings war abgebrochen. Knacks – Huih – Bumms – Bumms – –. Stille – –.

Magdalissimus war so verschüttet, daß sein Kopf eben noch herausragte. Zwei Stunden dauerten die Aufräumungsarbeiten bis zu seiner Befreiung, und gerade so lange lebte er noch. Aber während dieser Zeit sah er dauernd seinen Onkel beflügelt in den Wolken kreisen, einen Fünfmarkschein in der Hand schwenkend, und hörte ihn fröhlich zwitschern.

# Abseits der Geographie

Herr Droschkenkutscher Porösel wurde trübsinnig aus Langerweile; er wußte seinem Berufe nichts abzugewinnen. Müde und stumpf saß er am Tag oder bei Nacht auf seinem Bock. Müde und stumpf stand oder trabte auch der Gaul, der nun schon seit elf Jahren an Porösels Deichsel gewohnt war und, außer Dienst, sogar Seite an Seite mit seinem Herrn schlief.

Eines Morgens ging der Kutscher wieder derart zu Stroh und seufzte, sich hinstreckend: »Ach, wäre ich doch tot!« Und sich vorstellend, wie das sein müßte, wenn er tot wäre, kniff er unwillkürlich die Augen zu. Da er sie aber nicht völlig zugekniffen hatte, sah er zu seinem maßlosen Erstaunen, wie der Gaul ihm eine höhnische Grimasse schnitt, dann in lautes Lachen ausbrach und auf einmal, so als habe er zu laut gelacht – genau wie ein Mensch mit der Hand es macht –, sich einen Huf vors Maul hielt.

Der Droschkenkutscher riß die Augen auf, da nahm der Gaul sofort wieder seine ursprüngliche, müde, stumpfe Haltung an. Vielleicht hatte Herr Porösel doch geträumt. Es war doch unmöglich, daß ein Pferd so was tat undobendrein noch seinen Herrn seit elf Jahren betrog. Immerhin. – Hier galt es nachzuforschen.

In der nächsten Zeit stellte sich Herr Porösel öfters schlafend, und da bemerkte er einmal, wie sein Roß sich plötzlich auf die Hinterbeine stellte, die Vorderbeine verschränkte und so, leise auf und ab gehend, vor sich hin murmelte: »Wäre ich eine Stute und Herr Porösel in mich verliebt, so würden unsere Kinder Maultiere.«

»Was willst du damit sagen?« rief der Kutscher aufspringend. »Du falsches Vieh!«

»Gelt, ich bin doch schlauer als du?« sagte das Pferd ruhig und mit einer gutmütigen Sicherheit, die seinem Herrn die Peitsche aus der Hand wand. »Nun, nun«, fuhr es fort, als es Herrn Porösel hilflos baff zerknickt zusammenbrechen sah, »ich wüßte schon Rat, aber es kostet Überwindung.«

»Bin zu allem bereit«, stöhnte Porösel.

Das Roß schnauzte sich zwischen zwei Hufen und sprach: »Du mußt dich aus der Welt schaffen, aus dieser Welt.«

Dumpf nickte der Droschkenkutscher. »Ja, sterben. – Es ist das Beste.«

»Im Gegenteil! Hör mich an: Begib dich sofort nach der Fasanenstraße in das Haus Nummero – aber verzeih, wir müssen etwas leiser reden –.« Der Gaul flüsterte das Weitere dem Kutscher leise, dicht ins Ohr. Es war ein sonderbarer Ratschlag. Porösel wurde abwechselnd rot und blaß und preußischblau. Aber zuletzt stand er überzeugt auf, umarmte sein Pferd dankbar und ließ sich umarmen.

Danach begab er sich eiligst zu Fuß in das angegebene Privathaus in der Fasanenstraße, wo er, in den Salon geführt, zum Hausherrn folgendes sagte: »Bevor ich Ihnen Wichtiges mitteile, bitte – – wo ist – –? Entschuldigen Sie – mir ist etwas übel –«

Im Kämmerlein verriegelte der Droschkenkutscher die Tür, setzte sich irgendwo hin, tat irgendwas. Dann kletterte er hinein, reckte sich auf, zog am Spülgriff, wurde von Wasserstrudeln ergriffen und total durchweicht, fühlte sich länger und dünner werden und in ein Rohr hineingezogen.

Je länger, desto schneller sauste Porösel durch das schier endlose Rohr und leider nicht mit dem Kopfe voran, sondern umgekehrt. Deshalb geschah es, daß, als das Rohr sich in zwei Arme spaltete, er an diesem Scheideweg mit dem einen Bein ins linke und mit dem anderen ins rechte geriet und – bums! Au! Stopp! – steckenblieb. Da er aber am rechten Rohr die Wegweisernotiz »Zur Kläranlage« las und sich genügend auf- und abgeklärt dünkte, so zog er das dortige Bein heraus und rutschte sofort im linken Rohrschacht weiter. Sein Tagebuch, das auf später noch zu erzählende Weise zu uns zurückkehrte, vergaß bedauerlicher Weise, Namen und geographische Bestimmung des eigenartigen Landes anzugeben, wo Herr Porösel endlich in einem Becken landete, welches dem Ausgangsbecken seiner Reise ganz ähnlich sah. Er stieg hinaus, und weil er sowohl Kammertür als auch Korridortür offen fand, sich außerdem genierte, die Bekanntschaft eines Fremden zu machen, dessen Wohnung er auf so unkonventionelle Weise betreten hatte, so entfernte er sich heimlich rasch.

Da fand er sich denn in einer Stadt in einem Lande, wo es nicht anders zuging als bei uns, bis auf wenige, aber tief einschneidende Unterschiede: Dortzulande tat nichts weh.

Ein Mann wie Porösel, der alles nur mit dem beschränkten Blick eines Droschkenkutschers sieht, war natürlich nicht imstande, die großen, alles umwälzenden Folgeerscheinungen eines solchen Nichtwehtuns zu erfassen. Er berichtet in dieser Beziehung nur unwesentliche, oft geradezu dürftige Begebenheiten. So das große Vergnügen, womit er in den ersten Wochen täglich zum Zahnarzt gelaufen sei, um sich ganz gesunde Zähne ausziehen und dann wieder einhämmern zu lassen. Oder er findet an einer Droschkenfahrt Gefallen, bei welcher der Kutscher das mit einem Reibeisen gesattelte Pferd ritt. Die Wagensitze waren mit Stacheldraht gepolstert, und trotz bester Federung fuhr der Wagen höchst holperig, weil dauernd Straßenjungen sich zum Jux unter die Räder warfen.

Porösel schreibt: es gäbe dort kein Verrecken, womit er Tod oder Sterben meint. Wenn einem beim Duell ein Ohr oder sonst ein Glied abgeschlagen wurde, so wuchs innerhalb von acht Tagen erstens ein neues Ohr an den Menschen und zweitens ein neuer Mensch an das Ohr. Zwischen den Zeilen des übrigens gewissenhaft geführten Tagebuches lesend, erfahren wir, daß es dortzulande auch keine Geburt oder wenigstens keine Zuneigung in unserem schmutzigen Sinne gab. Wer sich vermehren wollte, schnitt sich zum Beispiel einen oder zwei oder zehn Finger ab und wartete acht Tage lang.

Auch Porösel selbst kam einmal auf die Idee, sich zu vermehren, aber eigentlich nur, weil er eine Droschkenräder-Fabrik zu gründen gedachte, deren gesamtes Personal er aus zuverlässigen eigenen Kindern rekrutieren wollte, damit auch die Gehälter in der Familie blieben. Er tauchte seine Nase in die Fleischmaschine, verstreute die herausgedrehten Würmer aus Nase im Garten und freute sich darauf, nun allmorgendlich beim Kaffee vom Balkon aus zuzusehen, wie sich im Garten sein stattlicher Nachwuchs entwickelte. Ein Amselschwarm verdarb ihm das Vergnügen, fraß gleich am ersten Tage alle Fleischwürmer auf. Herr Porösel war froh, als ihm eine neue Nase wuchs.

Eine andere Episode schildert einen Streit mit einem Schmied, der aus Ungeschicklichkeit einen Amboß auf Porösels Füße fallen ließ.

Obwohl der Kutscher nicht den geringsten Schmerz verspürte, gab er sich doch nicht mit dem höflichen »Oh, Pardon!« des Schmiedes zufrieden, sondern versetzte diesem eine Ohrfeige, und noch immer von der übertriebenen Empfindsamkeit seiner Heimat befangen, stach er sogar noch dem anderen ein Auge aus. Der Schmied floh, warum, war nicht erklärlich. Als er aber genügenden Abstand von unserem Kutscher hatte, schnitt er sich blitzschnell ein Bein ab, beugte dasselbe im Knie zu einem gewissen Winkel und warf es wie einen Bumerang derart in die Luft, daß es herabschwirrend Herrn Porösels linke Mittelzehe abschnitt. Ohne daran zu denken, daß er nun ein Kind bekäme, hob der Kutscher mürrisch Zehe und Bumerang auf und verschloß beides zu Hause in einem Kommodenfach. Später verbrachte er viele schlaflose Nächte, weil er von irgendwoher unheimliche »Mach auf«-Rufe zu hören vermeinte.

Nichts weiß dagegen dieser engköpfige Tagebuchschreiber über die merkwürdige Kriegssituation in jenemLande zu melden, wo doch jeder Heerführer beglückt sein müßte, wenn seine Armee vom Gegner kurz und klein geschlagen würde. Nein, unser Droschkenkutscher langweilte sich nur und bekam Heimweh, Sehnsucht nach seiner Schwester, die ihm noch dreißig Mark schuldete und die er allerdings aufrichtig liebte. Er wußte keinen Rat, wie er wieder in seine Heimat zurückgelangen könnte. Vergebens blinzelte er allen Droschkengäulen zu, redete wohl auch das eine oder andere an: »Nun??« – »Tu nur nicht so; ich weiß, daß du mich verstehst.« Aus keinem Gaul brachte er was 'raus. Bis er sich eines Nachts in einen Stall einschlich, sich neben ein Pferd aufs Stroh warf und sich alsbald stellte, als ob er schliefe. Er gewahrte jedoch nichts anderes, als daß das Pferd zu äpfeln begann, und weil es gleichzeitig Fliegen abwedelte, so kriegte Herr Porösel etwas ab und floh.

Dennoch bekam er später auf irgendwelche Weise das Rezept in die Hand, um sich, und zwar in der schon einmal durchreisten Art, wieder von dortzulande nach seiner Heimat und sogar direkt in die Wohnung seiner Schwester zu spülen. Der Zufall wollte, daß diese etwas kränkliche Jungfrau gerade saß, als Porösel unter ihr auftauchte.

»Pfui Teufel!« schrie sie und lief empört davon.

Der Heimkehrende war durch diese rohen Begrüßungsworte so tief enttäuscht und gekränkt, daß er einen Moment wie angewurzelt, wortlos dastand. Dann schleuderte er das mitgebrachte Tagebuch seiner Schwester nach, richtete sich entschlossen auf, zog am Strang und spülte sich zurück in jene geheimnisvolle Fremde, wo er verscholl.

# Eheren und Holzeren

Die babylonische, die aztekische, die chinesische. Aber sprechen wir nicht mehr davon. Wer sich näher dafür interessiert, sei auf Otto Bergmanns Berge und Täler der Äonen, Jena 1804, Verlag Weidebach, 8°, Halbfranz, hingewiesen.

Um 4700 vor Christi Geburt herum lebten hoch im Norden, von Meeren und Eisbären eingeschlossen, die Eheren, Nachkommen und Untertanen des greisen Königs Holzkopp. Der war berühmt wegen seiner weichen, gütigen Seele, die ihn bewog, mit jedem harten, trotzigen oder auch nur energischen Menschen, der ihm begegnete, Händel anzufangen und ihn kleinzukriegen. Und so hatte er längst alles, was ihn im weiten Kreise umgab, kleingekriegt und herrschte darüber in gütiger Weichheit. Handel und Wandel und Künste blühten. Nutzhölzer, Zierhölzer, Fässer, Wagen, Schlitten, Laubsägearbeit und Holzbildhauer. Das Volk war zufrieden, verfiel auch nicht in bosheitbrütende Langeweile, weil im Laufe der Jahre sich immer mal wieder ein Fremder nach dort verirrte, der die Eheren in ernstes oder heiteres Staunen versetzte. Weil er seltsame Kleider und Gegenstände trug, nicht Eherischverstand und keinen Mihinka trinken mochte, diesen köstlichen, aus Renntierläufen und Meerrettich hergestellten Naturwein.

Selbstverständlich wurde solcher Fremdling zuerst zum König geführt, der ihm vieles schenkte, einiges nahm und ihn in der Form von Belehrungen ausforschte. Besonders sympathischen Gästen pflegte er sogar ein Geheimnis mitzuteilen, von dem keiner seiner eigenen Untertanen etwas wußte. König Holzkopp war nämlich Erfinder und Besitzer des magnetischen Nordpoles. Dieser bestand aus einer kleinen Pastete, die der König in guter Stunde gebacken hatte und nun in einem von hohen Mauern geschützten großen Garten aufbewahrte. Die Pastete blieb aber auch für die sympathischen Gäste unzugänglich und unsichtbar, weil sich darüber ein gigantischer Haufen von angezogenen Eisengeräten angesammelt hatte. Speere, Schwerter, Nagelfeilen, Ankerketten, Enterhaken, Nähmaschinen, Stacheldraht.

Die Fremdlinge, die ins Land der Eheren verschlagen wurden, waren zum Teil recht bemerkenswerte Leute. Im Gästebuch des

Königs stehen Namen wie: Luluhili, genannt der eiserne Kanzler von Phönizien. Oder: Mabius, Degenschlucker aus Mittweida.

Solchen Persönlichkeiten von zähem, willensstarkem Naturell oder stählerner Entschlossenheit und den sympathischen Gästen pflegte der König später, nachts, in guter Stunde, wenn sie schliefen, unter gütigem Lächeln die Kehle abzudrücken.

Die drahtlose Telegraphie – in anderer Methode als später in Europa – wurde erfunden. Allerdings zunächst nur der gebende Teil. Der König und seine Untertanen sandten zahllose Telegramme in die unbekannten Fernen hinaus. Zum Beispiel: »An alle. Ich, König Holzkopp, habe durch mein Volk die halbe drahtlose Telegraphie erfinden lassen.« Auch kurze Kabelworte: »Prosit Neujahr! Die Eheren.«

Ungeheures Aufsehen erregte es, als der zweite, der aufnehmende Teil der drahtlosen Telegraphie erfunden wurde. Mit elementarer Spannung wartete alles. Wirklich traf ein Funkspruch ein.

Uha, die greisenhafte Großmutter des Königs, war die einzige, der es gelang, Sinn in die fremdsprachlichen Worte zu bringen. Sie übersetzte: »Ihr, König Holzkopp, und ihr Eheren alle könnt uns, die Holzeren, Eure Antipoden, am –«

Das Telegramm war noch länger, jedoch beim Vorlesen des Wörtchens »am« ward Uha vom Schlage gerührt. Weil sie derart zu Tode beleidigt worden war und man nun den Schluß nicht erfuhr, so fühlten sich die Eheren gekränkt. Und der König geriet in solche Wut, daß er sich nackt auf den Thron begab, die Mobilmachung befahl und niemals wieder Kleider anlegte. Das Volk hingegen bekleidete sich mit hölzernen Rüstungen und Schuhen, denn Metall war ihm unbekannt, griff zu hölzernen Waffen und schiffte sich auf hölzernen Barken ein. Der König nahm heimlich die halbe Pastete mit.

Damals gab es außer und nahe dem geographischen Südpol noch einen holznetischen Südpol, der die Eigentümlichkeit besaß, alles Hölzerne anzuziehen. Daß die Quelle dieser Wunderkraft letzten Endes in einem Pudding bestand, wußte nur Stahlhaupt, der harte, grausameKönig der Holzeren. Er hatte den Pudding gekocht und wußte ihn im Geheimgarten, unter einem Riesenberg von angezogenen Holzgeräten verwahrt. Ruder, Bootsplanken, Spindeln, Pfahlbauten, Särge, Quirle, Bleistifte.

König Stahlhaupt lief sein Leben lang immer nackt herum. Er haßte Weichlinge und Schlappschwänze, und wenn je Fremdlinge von derartiger Charakterbeschaffenheit sich ihm oder seinem Lande näherten, so reizte er sie durch Beleidigungen und stellte sich gleichzeitig ängstlich, unsicher, bis die Gekränkten ihn angriffen. Dann, weiterreizend, floh er zum Schein, ließ sich sogar etwas verprügeln, um ihre Tapferkeit noch weiter anzuspornen. Bis er sie schließlich aus Notwehr totschlagen mußte.

Ein historischer Funkspruch traf ein. Die Holzeren betranken sich mit Wimmhubs, ihrem schmackhaften, aus Pinguinbutter und Soda hergestellten Nationalliköl. Dann legten die Untertanen Stahlpanzer an und bestiegen eiserne Schiffe, denn Holz war ihnen ein unbekanntes Mineral; und der nackte Stahlhaupt folgte ihnen und trug heimlich den Pudding in der Hand.

Ob es anno 4680 war, also in dem Jahre, von dem der Vikinger Historiker Wlehd erzählt, daß es durch eine ungeheure magnetische Deviation alle nautischen Berechnungen über den Haufen warf. Oder später? Sicher ist nur, daß auf dem Meere, welches damals die Gegend des heutigen Rastenburg bedeckte, die beiden Flotten einander in Sicht kamen.

Da geschah sofort etwas Unerhörtes, Einzigartiges. König Stahlhaupt war, der besseren Übersicht wegen, mit seinem Schiff etwas hinter den anderen zurückgeblieben. König Holzkopp andererseits stand, die halbe Pastete in Händen, auf seinem Flaggschiff und hatte aus kriegerischer Bescheidenheit den anderen Schiffen einen gewissen Vorsprung gelassen. Plötzlich sahen beide Könige ihre Flotten in rasender Geschwindigkeit dem Feinde zufliegen und fühlten beide gleichzeitig, wie ihr eigenes Schiff ihnen unter den Füßen wegglitt. Eine Tausendstel Sekunde später war folgende Situation perfekt: König Stahlhaupt stand von lauter holzgepanzerten Eheren umringt auf einem der dicht aneinander gepreßten Holzschiffe. König Holzkopp hingegen befand sich auf der eisernen Flotte von lauter Holzeren umringt. Erst jubelten beide Völker über den gefangenen König, dann trauerten sie über den verlorenen König, dann entdeckten beide Völker das Ausgleichende ihres

Schicksals und verabredeten funkentelegraphisch einen Königsaustausch. Auf ein bestimmtes Signal hin sollten beide Parteien ihren Gefangenen in einem Ruderboot entlassen, ohne zu folgen. Beide Völker brachen aber diese Verabredung nachher, indem beide den entlassenen Gefangenen mit sämtlichen Schiffen folgten. Ob dieser beiderseitigen Niedertracht wurde der Waffenstillstand abgebrochen. Die Seeschlacht sollte beginnen. Da die königlichen Gefangenen selbstverständlich nicht daran teilnehmen konnten, sondern überwacht zurückbleiben mußten, ergab sich ein merkwürdiger Beweis für die Hilflosigkeit führerloser Streitkräfte. Beide Flotten gingen nicht vor. Sie beschimpften sich nur aus der Entfernung gegenseitig per Funkentelegraphie. Als aber die Vorräte zur Neige gingen, kam Unzufriedenheit auf. Bald war man hüben und drüben auf Friedensverhandlungen erpicht.

Die Eheren sandten den Holzeren zehn Tonnen Mihinka. Die Holzeren sandten den Eheren fünf Tonnen Wimmhubs. Danach vereinigten sich die beiden Flotten. Die Könige küßten sich. Und alle betranken sich und betrugen sich so laut und rüpelhaft, daß ein noch nie dagewesener Seesturm losbrach, wobei sämtliche Eisenschiffe mit den Holzeren samt König Stahlhaupt und dem Pudding untergingen.

Die Eheren aber retteten sich auf ihren kieloberst treibenden Fahrzeugen nach ihrer südöstwestlich vom geographischen Nordpol gelegenen Heimat.

# Vom Zwiebelzahl

Herr Tretebalg war von Beruf polizeilich verfolgter Wunderarzt, Naturarzt, Dentist; wie man's nehmen wollte. Von Zähnen und Hühneraugen abgesehen, gab es Hunderte von Geheilten, die seine Magie priesen. Den Glaser Lobesand hatte er von der Gallenpest befreit, einfach dadurch, daß er ihm zweimal mit einem Pferdeknochen über den Bauch strich und dabei sagte: »Lache mal!« Fertig: Gelacht – gesund.

Fachleute, wie Dr. Quilippi, nannten Tretebalgen einen fatalen Quacksalber.

Das Fernrohr in der Hand des fatalen Quacksalbers zitterte. Wahrhaftig: drüben im Garten war eine kleine, aber festliche Tafel gedeckt, deutlich für zwei Personen. Tretebalg stand schon im Frack bereit. Aber nein. Nein, nein! Er wollte doch noch absagen. Mit einem Menschen zusammen essen, der – der – wenn auch nicht –, aber schon dieses ewige Gelehrte, dieses Austüfteln! Dieser verknöcherte Aktenstaub, dieser muffige nichts wie Bücherkram! Tretebalg legte noch einmal das Fernrohr über die Brüstung. Ja, dort oben saß er! Der gebildete, gelehrte Herr Dr. Quilippi; nur ein Stück krummen Rückens sah man, aber dieser Rücken schnüffelte ohne Zweifel wiedermit seiner blutlosen Nase in blödsinnigen, stinkigen Schmökern herum, lernte jetzt, eine Stunde vor dem Festessen, allerlei veraltetes, verbohrtes Gewäsch auswendig, womit er dem andern Eindruck machen würde, klaubte sich vielleicht spitzfindige, hinterlistige, schuftige Fremdwörter zusammen, um – um den Quacksalber, den fatalen Quacksalber in Verlegenheit – – »Huach!« Ein Ausstoß, fast Kreischen. Das Fernrohr entrollte. Erst über die Brüstung und, als Herr Tretebalg zugriff, schnell in die Tiefe. »Hüukschä!« Das gab den Rest. Tretebalg hatte auf einmal einen Revolver in der Hand, legte nach drüben zu auf den krummen Rücken an und feuerte einen Schuß ab. Dann fiel er steif rücklings um. Ins Zimmer. Auf einen Teppich.

Der Naturarzt hatte meisterhaft gezielt. Der Berggeist Zwiebelzahl flog gerade unsichtbar vorbei. Er kam von einem überirdischen Billardspiel, und da ihm der Schuß natürlich nicht entging, machte er sich einen Scherz daraus, der fliegenden Kugel durch einen ebenso geschickten wie heftigen Stoß mit dem unsichtbaren Billard-queue ein wohlberechnetes Effet zu geben. Derart, daß sie rechts ab einmal um den Erdball herumsausen und erst dann wieder ihre alte Richtung aufnehmen mußte.

Tretebalg hatte den Doktor erschossen, der ihn – als Einzigen – zum fünfzigjährigen Geburtstagsschmause einlud. An dieser Tatsa-che kaute der Wunderarzt nun herum, wie ein junger Hund an seiner Speckschwarte. Er versuchte sie zu verschlucken; sie kam immer wieder hervor. Wie er sie auch anpackte, sie blieb, was sie war.

Herr Tretebalg erhob sich grau verstört, wankte nach dem Nach-barhause hinüber, verzweifelt entschlossen,nun die Rolle des Harm-losen, Überraschten, Entsetzten zu spielen. Welche Rolle!

Irgendwer führte ihn nach oben, öffnete die Tür zum Arbeits-zimmer des Doktors. Tretebalg trat ein.

Aber nicht so wie ein Blitz aus heiterem Himmel oder wie von der Tarantel gestochen, sondern gerade umgekehrt anders traf ihn der Anblick des ihm lächelnd entgegenschreitenden Doktors.

»Herzlich willkommen, mein bester amicus Tretebalg.«

»Leben Sie denn noch?« entfuhr es Herrn Tretebalg aus tiefstem Innern.

»Wie beliebt?« fragte der Doktor zerstreut und sah ernst nach der Uhr.

»Gottlob, danebengetroffen!« Tretebalg stammelte dankbar selig verwirrt. »Nichts, nichts! – Ich meine – ich dachte, Sie wären t-o-t.«

»Daß ich nicht wüßte«, bemerkte Herr Doktor Quilippi verbind-lich. Tretebalg kam zu sich. »Meinen herzlichsten, allerherzlichsten Glückwunsch.« – »Danke! danke!« Der Jubilar wies dem Gast einen bequemen Stuhl an, und indem er sich selbst wieder auf seinen alten Arbeitsplatz begab, begann er: »Mein lieber Herr Nachbar, lassen Sie uns, ehe wir zum Essen gehen, hier nach alter quiozanto-lischer Sitte einen alten Drackfallqueribus trinken und eine echte Kakastimmbett dazu rauchen.«

Tretebalg war noch so froh erschüttert, daß er diese Fremdwörter nicht nur innerlich verzieh, sondern sogar dem Doktor gestand, wie er absolut nicht ahne, was sie bedeuteten.

»Was tut's?« sagte dieser freundlich. »Es beweist nur Ihre überlegene Ehrlichkeit, wenn Sie die von mir sinnlos und kompliziert erdachten Namen durch schlichtere, näherliegende ersetzen. Das, was sie bezeichnen, verändert sich darum doch nicht, sondern bleibt eben ein selbst präparierter Getreidekümmel und ein anspruchsloser, von mir selbst erfundener Tabak aus Lindenblüten und pulverisierten Wespen.«

Tretebalg öffnete den Mund. Er schloß ihn wieder, weil der Doktor einschenkte, Pfeifen stopfte, Feuer reichte und herzlich aufs neue den Faden aufnahm: »Ich beschäftige mich ein wenig mit allerlei praktischen Arbeiten und Erfindungen und bin nicht so ganz der verknöcherte Büchermensch oder Theoretiker, für den Sie mich vielleicht – – «

»Im Gegenteil«, warf Tretebalg mit feierlicher Betonung ein.

»Und zum Beweise dafür«, fuhr der Doktor unter einer liebenswürdigen Verneigung fort, »möchte ich Ihnen hiermit« – (er öffnete ein Etui) – »diese Uhr verehren, die ich selber, nicht ohne mancherlei Schwierigkeiten und Vorstudien, hergestellt habe.«

Dem Wunderarzt ging es wie Glühen durchs Herz. »Aber Herr Doktor Quilippi! Das ist ja Silber! Da sind ja echte Diamanten darauf!« – »48 Stunden«, erwiderte der Doktor, der sich verhört hatte und über die Konstruktion nachsann. »Ich habe sie eben aufgezogen.«

Echte Tränen der Scham und der Reue tropften auf die Diamanten des Uhrdeckels.

Der Doktor wehrte, bescheiden nießend. »Aber lieber Kollege – – «

»Nein, Herr Doktor Quilippi, sagen Sie nicht Kollege zu mir; ich bin dessen nicht würdig – – «

»Nicht würdig?« rief der Doktor. »Was fällt Ihnen ein? Es wäre mir fatal, wenn Sie mich auf der Seite derer glaubten, welche Ihre bewährte, rein praktische Heilmethode – – «

»Und doch«, unterbrach Tretebalg, »und doch bin ich im Grunde nur ein Quacksalber.«

»Offen gestanden: Ich auch«, sagte der Doktor. »Aber eben deswegen müssen wir uns gegenseitig immer an unser Nichtswissen und Nichtskönnen erinnern und einig sein in gemeinsamer treuer Stümperei. Und in diesem Sinne wollte ich Ihnen diese Uhr -« (Tretebalg hatte sie schon eingesteckt) - »übergeben haben, als Zeichen meiner aufrichtigen Verehrung und als schlichtes Andenken an einen Kollegen, der älter und studierter als Sie und doch ebenso dumm war.«

»Ist - nicht wahr!« rief Tretebalg begeistert; denn er hatte einen Freund gefunden, er hatte in dem früher ihm verhaßten - -

»Ist oder war«, rief der Doktor hüstelnd, »wie schnell verwandelt sich das Eine in das Andere. Aber lassen Sie uns das jetzt nicht nahehegen. Sondern: Auf in den Garten zur Trüffelpastete!!«

Nach dem Worte »Trüffelpastete« fiel der Doktor hart vom Stuhl. Eine Kugel war ihm vom Fenster her in den Rücken gedrungen. »Das Herz!« schrie er, die Hand auf die Brust pressend.

Tretebalg warf sich - riß ihm die Weste - sagte: »Die Lunge!«

»Zwischen Herz und Lunge!« stöhnte der Doktor.

»Ja, aber mehr nach den Nieren zu.«

»Wer hat mir das getan?«

»Ja, wer konnte -?« Tretebalgen überlief ein unheimlicher Schauder. Welcher Zufall: Zwei Attentate hintereinander auf ein und denselben.

»Wer hat mir das getan?« wimmerte Quilippi.

»Ich diesmal nicht!« rief Tretebalg unwillkürlich. »Ich rufe Polizei.«

Der Doktor hielt ihn durch eine schwache Bewegung zurück. »Bleiben Sie, es geht zu Ende.«

»Keineswegs! Rühren Sie sich nicht; ich hole einen Arzt.«

»Nicht!« flehte Quilippi. »Sie sind mein bester Arzt. Ihre Erfolge - «

Tretebalg fand die Wunde und ließ Speichel hineinträufeln.

»Ah, das tut wohl«, sagte Quilippi matt lächelnd.

Der Naturarzt setzte sich nun mit seinem ganzen Gewicht auf die Wunde, um ein Verbluten zu verhindern. »Lache mal!« rief er dem Getroffenen zu, aber dieser hatte das Bewußtsein verloren.

Tretebalg rührte sich nicht. Nach sechs Stunden fing der Mann unter ihm zu phantasieren an. Tretebalg hörte jedoch nicht zu, sondern dachte in traurigster Zerknirschung an seine eigene Schlechtigkeit, an den gnädigen Ausgang seines abscheulichen Anschlages und den unbegreiflichen grausamen Zufall, der nun doch diese rührende, einfache Gelehrtengestalt hingestreckt hatte.

Denn nicht konnte Herr Tretebalg ahnen, daß er just in diesen Stunden auf einem der abgefeimtesten Lustmörder saß, der jetzt von drohenden Erinnerungen gepeinigt wurde, die jene silberne Uhr betrafen. Diese Uhr hatte Dr. Quilippi in perverser Mordlust so konstruiert und eingestellt, daß sie zwölf Stunden nach dem Geburtstagsschmause eine konzentrierte Ladung Nitroglyzerin zur Explosion bringen mußte.

Ich will ihm alles gestehen, sagte sich Tretebalg, kniff den Doktor prüfend in die Nase und erschrak über die Kälte.

Quilippi erwachte. »Wie spät ist es?« keuchte er wild.

»Es geht zu Ende«, sagte Tretebalg sanft, »deswegen möchte –«

»Hören Sie«, stammelte der Doktor und richtete sich mit Mühe etwas auf, »ich muß Ihnen –«

Der Naturarzt wehrte ab. »Nicht! Bleiben Sie liegen. Ich habe Ihnen etwas –«

Der Doktor winkte heftig. »Andermal! – Jetzt – die Uhr – – Hören Sie mich an –«

»Schweig! Lassen Sie mich reden!« drängte Tretebalg.

»Nein, ich muß reden –«

»Erst ich!«

Dr. Quilippi versuchte zu schreien. »Ich habe –«

»Ich habe«, überschrie ihn Tretebalg hastig, um den Satz zu Ende zu bringen, »auf Sie geschossen!«

Quilippi streckte sich. »Sie?? – Wie?? Sie?? – Um die Ecke herum??«

Da explodierte die Uhr.

## Über tredition

### Eigenes Buch veröffentlichen

tredition wurde 2006 in Hamburg gegründet und hat seither mehrere tausend Buchtitel veröffentlicht. Autoren veröffentlichen in wenigen leichten Schritten gedruckte Bücher, e-Books und audioBooks. tredition hat das Ziel, die beste und fairste Veröffentlichungsmöglichkeit für Autoren zu bieten.

tredition wurde mit der Erkenntnis gegründet, dass nur etwa jedes 200. bei Verlagen eingereichte Manuskript veröffentlicht wird. Dabei hat jedes Buch seinen Markt, also seine Leser. tredition sorgt dafür, dass für jedes Buch die Leserschaft auch erreicht wird.

Im einzigartigen Literatur-Netzwerk von tredition bieten zahlreiche Literatur-Partner (das sind Lektoren, Übersetzer, Hörbuchsprecher und Illustratoren) ihre Dienstleistung an, um Manuskripte zu verbessern oder die Vielfalt zu erhöhen. Autoren vereinbaren direkt mit den Literatur-Partnern die Konditionen ihrer Zusammenarbeit und partizipieren gemeinsam am Erfolg des Buches.

Das gesamte Verlagsprogramm von tredition ist bei allen stationären Buchhandlungen und Online-Buchhändlern wie z. B. Amazon erhältlich. e-Books stehen bei den führenden Online-Portalen (z. B. iBookstore von Apple oder Kindle von Amazon) zum Verkauf.

Einfach leicht ein Buch veröffentlichen: **www.tredition.de**

## Eigene Buchreihe oder eigenen Verlag gründen

Seit 2009 bietet tredition sein Verlagskonzept auch als sogenanntes "White-Label" an. Das bedeutet, dass andere Unternehmen, Institutionen und Personen risikofrei und unkompliziert selbst zum Herausgeber von Büchern und Buchreihen unter eigener Marke werden können. tredition übernimmt dabei das komplette Herstellungs- und Distributionsrisiko.

Zahlreiche Zeitschriften-, Zeitungs- und Buchverlage, Universitäten, Forschungseinrichtungen u.v.m. nutzen diese Dienstleistung von tredition, um unter eigener Marke ohne Risiko Bücher zu verlegen.

Alle Informationen im Internet: **www.tredition.de/fuer-verlage**

tredition wurde mit mehreren Innovationspreisen ausgezeichnet, u. a. mit dem Webfuture Award und dem Innovationspreis der Buch Digitale.

tredition ist Mitglied im Börsenverein des Deutschen Buchhandels.

## Dieses Werk elektronisch lesen

Dieses Werk ist Teil der Gutenberg-DE Edition DVD. Diese enthält das komplette Archiv des Projekt Gutenberg-DE. Die DVD ist im Internet erhältlich auf **http://gutenbergshop.abc.de**